LE CIEL (I)

Aussi Clair et Beau que le Cristal

I0694102

«Elle avait la gloire de Dieu;
son éclat était semblable à celui d'une pierre très précieuse,
d'une pierre de jaspe transparente comme du cristal.»
(Apocalypse 21: 11)

LE CIEL (I)

Aussi Clair et Beau que le Cristal

DR. JAEROCK LEE

LE CIEL I : par le Dr. Jaerock Lee
Publié par Urim Books (Représentant: Seongkeon Vin)
361-66, Shindaebang-Dong, Dongjak-Gu, Seúl, Corea
www.urimbooks.com

Tous droits réservés. Ce livre dans sa totalité ou en partie ne peut être reproduit sous aucune forme, ni stocké dans un système de sauvegarde, ni transmis sous quelque forme que ce soit, électronique, mécanique, photocopies, enregistrement ou toute autre, sans l'accord écrit de l'éditeur.

Toutes les citations de la Bible proviennent de la Bible de Genève, traduction Louis Segond, sauf si spécifié autrement.

Copyright © 2013 par le Dr. Jaerock Lee
ISBN: 978-89-7557-690-4, ISBN : 978-89-7557-689-8(set)
Copyright de Traduction © 2005 par le Dr. Esther Kooyoung Chung

Première publication: Décembre 2005
Seconde édition: Mars 2013

Précédemment publié en coréen par Urim Books, Séoul, Corée en 2002

Edité par Geumsun Vin
Traduit en français par le Rév. Dr. Guy Davidts
Maquette par le Bureau d'Edition d'Urim Books
Imprimé par la société Yewon Printing
Pour plus d'informations, contactez urimbook@hotmail.com

 Preface

Le Dieu d'amour ne conduit pas seulement chaque croyant sur le chemin du salut, mais Il révèle aussi les secrets du ciel.

Au moins une fois au cours d'une vie, on a des questions comme «Où vais-je aller après la vie dans ce monde?» ou «Le ciel et l'enfer existent-ils vraiment?»

Beaucoup de gens meurent avant même d'avoir trouvé une réponse à de telles questions ou même s'ils croient à une vie après la mort, tous ne possèdent pas le ciel parce que tous n'ont pas une connaissance véritable. Le ciel et l'enfer ne sont pas une fantaisie, mais une réalité dans le monde spirituel.

D'une part, le ciel est un endroit tellement merveilleux qui ne peut être comparé avec rien dans ce monde. Surtout la beauté et le bonheur dans la Nouvelle Jérusalem, où se trouve le Trône de Dieu, ne peut être décrite valablement parce qu'elle est bâtie avec les meilleurs matériaux et avec des plans divins.

D'autre part, l'enfer est rempli d'une douleur tragique et sans fin, ainsi que d'une punition éternelle; son horrible réalité est décrite en détail dans le livre *Enfer*. Le ciel et l'enfer ont été révélés par Jésus et les Apôtres, et même aujourd'hui, ils sont révélés en détail au travers d'hommes de Dieu qui ont une foi sincère en Lui.

Le Ciel est l'endroit où les enfants de Dieu jouissent de la vie éternelle, et des choses inimaginables, merveilleuses et miraculeuses sont préparées pour eux. Vous ne pouvez donc le connaître en détail que si Dieu vous le permet et vous le montre.

J'ai prié et jeûné continuellement pendant sept années afin de connaître ce ciel et j'ai commencé à recevoir des réponses de Dieu. Maintenant, le Seigneur me montre plus de secrets du monde spirituel en profondeur.

Parce que le ciel n'est pas visible, il est très difficile de décrire le ciel avec le langage et la connaissance de ce monde. Il peut également y avoir des malentendus à son sujet. C'est pourquoi l'apôtre Paul n'a pas pu parler en détail du Paradis dans le troisième ciel qu'il avait vu dans une vision.

Dieu m'a aussi révélé beaucoup de secrets au sujet du ciel, et pendant de longs mois, j'ai prêché au sujet de la vie heureuse et des nombreux endroits et récompenses au ciel selon la mesure de foi. Je n'ai cependant pas pu prêcher tout ce que j'ai appris dans le détail.

La raison pour laquelle Dieu m'a permis de faire connaître les secrets du monde spirituel au travers de ce livre est de sauver autant d'âmes que possible et de les conduire vers le ciel, qui est beau et clair comme le cristal.

Je donne tous mes remerciements et gloire à Dieu pour me permettre de publier *Le Ciel I: Aussi Clair et Beau que le Cristal,* la description d'un endroit qui est beau et clair comme le cristal, rempli de la gloire de Dieu. J'espère que vous allez réaliser le grand amour de Dieu qui vous montre les secrets du ciel et conduit tous les gens vers le chemin du salut afin que vous puissiez le posséder aussi. J'espère aussi que vous allez courir vers le but de la vie éternelle dans la Nouvelle Jérusalem.

Je remercie aussi Geumsun Vin, Directrice du Bureau d'Edition et son équipe, ainsi que le Bureau de Traduction pour leur dur labeur pour assurer la publication de ce livre. Je bénis au nom du Seigneur qu'au travers de ce livre, beaucoup d'âmes seront sauvées et vont jouir de la vie éternelle dans la Nouvelle Jérusalem.

Jaerock Lee

Introduction

Espérant que chacun de vous réalisera l'amour patient de Dieu, accomplira tout l'esprit(Parfaite Sanctification) et courra vers la Nouvelle Jérusalem.

Je donne tous remerciements et gloire à Dieu qui a conduit un nombre incalculable de gens à connaître vraiment le monde spirituel et à courir vers le but avec une espérance pour le ciel au travers de la publication de *Enfer*, et la série en deux parties du livre *Le Ciel*.

Ce livre consiste en dix chapitres et vous fait connaître clairement la vie, la beauté et les différents endroits du ciel, ainsi que les récompenses accordées selon la mesure de foi. C'est ce que Dieu a révélé au Révérend Dr. Jaerock Lee sous l'inspiration du Saint-Esprit.

Chapitre 1 «Le Ciel: Aussi Clair et Beau que le Cristal» décrit le bonheur éternel du ciel en en examinant l'apparence générale, où ni le soleil ni la lune ne seront nécessaires pour éclairer.

Chapitre 2 «Le Jardin d'Eden et le Lieu d'attente du Ciel»

explique l'endroit, l'apparence et la vie dans le Jardin d'Eden, afin que vous puissiez mieux comprendre le ciel. Ce chapitre vous parle aussi du plan et de la providence de Dieu pour avoir mis l'arbre de la connaissance du bien et du mal et avoir cultivé spirituellement les êtres humains. De plus, il vous parle du lieu d'attente où les gens sauvés attendent le Jour du Jugement, en même temps que de la vie dans cet endroit, et quel type de personnes entre directement dans la Nouvelle Jérusalem, sans passer par là.

Chapitre 3 «Le Banquet de Noces de Sept Ans», explique la seconde venue de Jésus-Christ, la Grande Tribulation de sept ans, le retour du Seigneur sur la terre, le Millénium, et la vie éternelle après cela.

Chapitre 4 «Les Secrets du Ciel Cachés depuis la Création» couvre les secrets du ciel qui ont été révélés par les paraboles de Jésus et nous dit comment posséder le ciel, où il y a de nombreuses demeures.

Chapitre 5 «Comment Vivrons-Nous au Ciel?» explique la hauteur, le poids, la couleur de peau du corps spirituel et comment nous vivrons. Au travers de nombreux exemples de vie joyeuse au ciel, ce chapitre nous incite à avancer énergiquement vers le ciel avec une grande espérance.

Chapitre 6 «Le Paradis» explique le Paradis qui est le niveau le plus bas du ciel, mais cependant plus beau et plus heureux que ce monde. Il explique aussi la catégorie de personnes qui entreront au Paradis.

Chapitre 7 «Le Premier Royaume du Ciel» explique la vie et les récompenses du Premier Royaume, qui abritera ceux qui ont accepté Jésus-Christ et qui ont essayé de vivre selon la Parole de Dieu.

Chapitre 8 «Le Second Royaume du Ciel» parcourt la vie et

les récompenses du Second Royaume où vivront ceux qui n'ont pas totalement accompli la sanctification mais ont accompli leur tâche. Il insiste aussi sur l'importance de l'obéissance et de l'accomplissement des tâches.

Chapitre 9 «Le Troisième Royaume du Ciel» explique la beauté et la gloire du Troisième Royaume qui ne peut pas être comparé au Second Royaume. Le Troisième Royaume est l'endroit pour ceux qui ont totalement rejeté leurs péchés – même les péchés de leur nature – par leurs propres efforts et l'aide du Saint-Esprit. Il explique l'amour de Dieu qui permet des tests et des épreuves.

Finalement, le Chapitre 10 «La Nouvelle Jérusalem» introduit la Nouvelle Jérusalem, l'endroit le plus beau et le plus glorieux du ciel, où est situé le Trône de Dieu. Il décrit la catégorie de personnes qui entreront dans la Nouvelle Jérusalem. Ce chapitre se termine en donnant aux lecteurs une espérance au travers de l'exemple de la maison de deux personnes qui vont entrer dans la Nouvelle Jérusalem.

Dieu a préparé le ciel qui est clair et beau comme le cristal pour Ses enfants bien-aimés. Il veut qu'autant de gens que possible soient sauvés et il s'attend à ce que Ses enfants entrent dans la Nouvelle Jérusalem.

J'espère au nom du Seigneur, que tous les lecteurs de *Le Ciel I: Aussi Clair et Beau que le Cristal* réaliseront le grand amour de Dieu, accompliront la Parfaite Sanctification avec le cœur du Seigneur, et courront énergiquement vers la Nouvelle Jérusalem.

Geumsun Vin
Directrice du Bureau d'Edition

Table des Matières

Chapitre 1

Le Ciel:
Aussi Clair et Beau que le Cristal

Et il [l'ange] me montra un fleuve d'eau de la vie, limpide comme du cristal, qui sortait du trône de Dieu et de l'Agneau. Au milieu de la place de la ville et sur les deux bords du fleuve, il y avait un arbre de vie, produisant douze fois des fruits, rendant son fruit chaque mois, et dont les feuilles servaient à la guérison des nations. Il n'y aura plus d'anathème. Le trône de Dieu et de l'Agneau sera dans la ville; ses serviteurs le serviront et verront sa face, et son nom sera sur leur front. Il n'y aura plus de nuit; et ils n'auront besoin ni de lampe ni de lumière, parce que le Seigneur Dieu les éclairera. Et ils régneront aux siècles des siècles.

- Apocalypse 22:1-5

Beaucoup de gens se posent la question «il est dit que nous pouvons avoir une vie éternelle heureuse au ciel – quel genre d'endroit est-ce?» Si vous écoutez les témoignages de ceux qui sont allés au ciel, vous pourrez entendre que la majorité d'entre eux a traversé un long tunnel. C'est parce que le ciel est dans le monde spirituel, qui est très différent du monde dans lequel vous vivez.

Ceux qui vivent dans ce monde tridimensionnel ne connaissent pas le ciel dans les détails. Vous ne pouvez connaître ce monde merveilleux, au dessus de l'univers tridimensionnel que lorsque Dieu vous en parle ou que vos yeux spirituels sont ouverts. Si vous connaissez ce monde spirituel dans le détail, non seulement votre âme sera heureuse, mais votre foi grandira aussi rapidement et vous serez aimés de Dieu. Jésus vous a donc révélé les secrets du ciel au travers de nombreuses paraboles et l'apôtre Jean parle du ciel en détail dans le livre de l'Apocalypse.

Quel genre d'endroit est donc le ciel et comment les gens vivront- ils là-bas? Vous devez brièvement regarder le ciel clair et beau comme le cristal, que Dieu a préparé pour partager éternellement Son amour avec Ses enfants.

Le Nouveau Ciel et la Nouvelle Terre

Le premier ciel et la première terre que Dieu a créés étaient aussi clairs et beaux que le cristal, mais ils furent maudits par la désobéissance d'Adam, le premier homme. Une industrialisation intensive et le développement de la science et de la technologie ont aussi pollué cette terre, et de plus en plus de personnes revendiquent de nos jours la protection de la nature.

Pour cela, lorsque le temps sera venu, Dieu va mettre de côté le premier ciel et la première terre et révéler un nouveau ciel et une nouvelle terre. Malgré même que cette terre est devenue polluée et pourrie, il est toujours nécessaire d'élever de véritables enfants de Dieu qui peuvent entrer et entreront dans le ciel.

Au commencement, Dieu créa la terre et puis un homme, et il conduisit l'homme dans le Jardin d'Eden. Il lui a donné un maximum de liberté et d'abondance en lui permettant tout, sauf de manger le fruit de l'arbre de la connaissance du bien et du mal. L'homme viola cependant la seule chose que Dieu lui avait interdite et fut chassé sur cette terre, le premier ciel et la première terre.

Parce que le Dieu tout-puissant savait que la race humaine irait vers le chemin de la mort, Il avait préparé Jésus-Christ avant même le commencement des temps et il l'a envoyé au moment le plus opportun sur cette terre.

Quiconque donc accepte Jésus-Christ qui a été crucifié et est ressuscité sera transformé en une nouvelle création et ira au nouveau ciel et sur la nouvelle terre et il jouira de la vie éternelle.

Le Nouveau Ciel bleu aussi Clair que le Cristal

Le nouveau ciel que Dieu a préparé est rempli de l'air pur afin de le rendre vraiment clair, pur et propre au contraire de l'air de ce monde. Imaginez un ciel pur et élevé avec des nuages blancs purs. Combien cela serait beau et merveilleux!

Alors pourquoi Dieu ferait-il le nouveau ciel bleu? Spirituellement, la couleur bleue vous fait ressentir la profondeur, la hauteur et la pureté. L'eau est tellement pure qu'elle a l'air bleue. Lorsque vous regardez le ciel bleu, vous pouvez également ressentir un cœur rafraîchi. Dieu fait aussi en sorte que le ciel de ce monde vous paraît bleu parce qu'Il a rendu votre cœur pur et vous a donné un cœur pour regarder au Créateur. Si vous pouvez confesser en regardant le ciel bleu et clair, «Mon Créateur doit être là-haut. Il a tout rendu si beau!» Votre cœur sera lavé et vous serez contraint de mener une bonne vie.

Que se passerait-il si le ciel tout entier était jaune? Au lieu de se sentir à l'aise, les gens se sentiraient mal à l'aise et confus et certains souffriraient probablement de troubles mentaux. De la même manière, la pensée des gens peut être touchée, rafraîchie ou mise dans la confusion selon différentes couleurs. C'est pourquoi Dieu a fait le nouveau ciel bleu et y a placé des nuages blancs purs afin que Ses enfants puissent vivre heureux avec des cœurs qui sont aussi clairs et beaux que le cristal.

La Nouvelle Terre faite d'or pur et de Joyaux

Alors, à quoi ressemblera la nouvelle terre? Sur la nouvelle terre du ciel, que Dieu a faite propre et claire comme le cristal, il n'y a ni terre ni poussière. La nouvelle terre est composée uniquement d'or pur et de joyaux. Combien ce doit être fascinant d'être au ciel où il y a des routes brillantes qui sont faites d'or pur et de joyaux!

Cette terre est faite d'un sol qui peut changer avec le temps. Ce changement vous fait connaître la vanité et la mort. Dieu a permis à toutes les plantes de grandir, de porter des fruits et de périr dans le sol afin que vous puissiez réaliser que la vie a une fin sur cette terre.

Le ciel est fait d'or pur et de joyaux qui ne changent pas parce que le ciel est un monde réel et éternel. De même, tout comme les plantes grandissent sur cette terre, elles grandiront dans le ciel lorsqu'elles sont plantées. Cependant, elles ne périssent ni ne meurent jamais comme celles de cette terre.

De plus, même les collines et les châteaux sont faits d'or pur et de joyaux. Combien ils seront resplendissants et beaux!Vous devriez avoir une foi véritable afin que vous ne manquiez pas cette beauté et le bonheur dans le ciel qui ne peuvent être décrits correctement par aucun mot.

Disparition du Premier Ciel et de la Première Terre

Que se passera-t-il avec le premier ciel et la première terre lorsque ce merveilleux nouveau ciel et cette nouvelle terre apparaîtront?

«Puis je vis un grand trône blanc, et celui qui était assis dessus. La terre et le ciel s'enfuirent devant sa face, et il ne fut plus trouvé de place pour eux» (Apocalypse 20:11).

«Je vis un nouveau ciel et une nouvelle terre; car le premier ciel et la première terre avaient disparu, et la mer n'était plus» (Apocalypse 21:1).

Lorsque les gens cultivés sur cette terre seront jugés selon le bien et le mal, le premier ciel et la première terre passeront. Cela signifie qu'ils ne vont pas disparaître complètement, mais au contraire seront déplacés vers un autre endroit.

Alors pourquoi Dieu va-t-Il déplacer le premier ciel et la première terre au lieu de s'en débarrasser complètement? C'est parce que le premier ciel et la première terre manqueront à Ses enfants s'Il les enlève complètement. Malgré qu'ils auront souffert de regrets et d'épreuves dans le premier ciel et la première terre, ils leurs manqueront parfois parce qu'ils ont été autrefois leur lieu de séjour. Sachant cela, le Dieu d'amour les déplace vers un autre endroit de l'univers, et ne s'en débarrassera pas complètement.

L'univers dans lequel vous vivez est sans fin, et il y a tellement d'autres univers. Dieu déplacera donc le premier ciel et la première terre vers un coin des univers et permettra à Ses enfants de les visiter si nécessaire.

Il n'y a pas de Larmes, de Regrets, de Mort ou de Maladies

Le nouveau ciel et la nouvelle terre, où les enfants de Dieu, sauvés par la foi vivront n'ont plus de malédictions et sont remplis de bonheur. Dans Apocalypse 21:3-4, vous trouverez qu'il n'y a pas de larmes, de regrets, de mort, de lamentations ou de maladies dans le ciel, parce que Dieu y est.

«J'entendis du trône une forte voix qui disait: Voici le tabernacle de Dieu avec les hommes!Il habitera avec eux, ils seront Son peuple, et Dieu Lui-même sera avec eux. Il essuiera toute larme de leurs yeux, la mort ne sera plus, et il n'y aura plus ni deuil, ni cri, ni douleur, car les premières choses ont disparu...»

Combien se serait triste si vous étiez affamés et que même vos enfants crieraient pour de la nourriture parce qu'ils ont faim? Quelle serait l'utilité si quelqu'un venait et disait «vous êtes tellement affamés que vous versez vos larmes», qu'il essuyait vos larmes mais ne ferait rien? Quel serait donc le véritable secours là-bas? Il devrait vous donner quelque chose à manger afin que vous-même et vos enfants ne soyez pas affamés. A ce moment seulement, vos larmes et celles de vos enfants pourront s'arrêter.

De la même manière, dire que Dieu essuiera toute larme de vos yeux signifie que si vous êtes sauvés et que vous allez au ciel, il n'y aura plus de soucis ni de troubles parce qu'il n'y a pas de larmes, ni regrets, ni mort, ni lamentation, ni maladies au ciel.

D'une part, que vous croyiez en Dieu ou non, vous devez vivre avec une forme de regret sur cette terre. Les gens du monde vont se plaindre tellement, même pour le peu de perte qu'ils subissent. D'autre part, ceux qui croient vont se lamenter avec amour et miséricorde pour ceux qui ne sont pas encore sauvés.

Lorsque vous irez au ciel, cependant, vous ne devrez plus vous soucier de la mort ou du péché des autres ni de leur chute dans la mort éternelle. Vous ne devrez plus souffrir du péché, et il ne peut donc y avoir aucune forme de regrets.

Sur cette terre, lorsque vous êtes remplis de tristesse, vous vous lamentez. Au ciel cependant, il n'y a pas lieu de se lamenter parce qu'il n'y aura plus de maladies ni de soucis. Il n'y aura que le bonheur éternel.

Le Fleuve d'Eau de la Vie

Au ciel, le Fleuve d'Eau de la Vie, aussi clair que le cristal, coule au milieu de la grand-rue. Apocalypse 22:1-2 explique ce Fleuve d'Eau de la Vie, et vous devriez être heureux simplement en vous l'imaginant.

> *«Et il [l'ange] me montra un fleuve d'eau de la vie, limpide comme du cristal, qui sortait du trône de Dieu et de l'Agneau. Au milieu de la place de la ville et sur les deux bords du fleuve, il y avait un arbre de vie, produisant douze fois des fruits, rendant son fruit chaque mois, et dont les feuilles servaient à la guérison des nations.»*

J'ai un jour nagé dans les eaux claires de l'océan Pacifique et l'eau était si claire, que je pouvais voir les plantes et les poissons. C'était si beau que j'étais heureux d'y être. Même dans ce monde, vous pouvez sentir votre cœur être rafraîchi et lavé lorsque vous regardez de l'eau claire. Combien vous serez encore plus heureux au ciel où le Fleuve d'Eau de la Vie, qui est aussi clair que le cristal coule au milieu de la grande rue !

Le Fleuve d'Eau de la Vie

Même dans ce monde, lorsque vous regardez la mer propre, le coucher de soleil se reflète sur les vagues et brille merveilleusement. Le Fleuve d'Eau de la Vie au ciel paraît bleu de loin, mais si vous le regardez de plus près, il est tellement clair, beau, sans tache et pure que vous pouvez la décrire comme « aussi clair que le cristal ».

Pourquoi donc, ce Fleuve d'Eau de la Vie coule-t-il du Trône de Dieu et de l'Agneau? Spirituellement, l'eau se réfère à la Parole de Dieu, qui est la nourriture de la vie, et vous gagnez la vie éternelle au travers de la Parole de Dieu. Jésus dit dans Jean 4:14, *« Mais celui qui boira de l'eau que je Lui donnerai, n'aura jamais soif, et l'eau que je Lui donnerai deviendra en lui une source d'eau qui jaillira jusque dans la vie éternelle. »* La Parole de Dieu est l'Eau de la Vie Eternelle qui vous donne la vie, et c'est pourquoi le Fleuve d'Eau de la Vie sort du Trône de Dieu et de l'Agneau.

Quel sera alors le goût de l'Eau de Vie? C'est quelque chose de tellement doux que vous ne pouvez pas expérimenter dans ce monde, et vous vous sentirez énergisés lorsque vous en boirez. Dieu a donné l'Eau de Vie aux êtres humains, mais après la chute d'Adam, l'eau sur cette terre fut maudite comme toutes les autres choses. Depuis lors, les gens n'ont plus été capables de goûter de l'Eau de Vie sur cette terre. Vous ne pourrez en goûter que lorsque vous serez partis au ciel. Les gens dans ce monde boivent de l'eau polluée, et ils recherchent des boissons artificielles telles que les sodas au lieu de l'eau. De la même manière, l'eau de ce monde ne peut jamais donner la vie éternelle, mais l'Eau de Vie au ciel, la Parole de Dieu donne la vie éternelle. Elle est plus douce que le miel et que les gouttes du gâteau de miel et elle donne de la force à votre esprit.

Le Fleuve Coule partout dans le Ciel

Le Fleuve d'Eau de la Vie qui coule du Trône de Dieu et de l'Agneau est tout comme le sang qui conserve la vie en circulant dans votre corps. Il coule tout autour du ciel, coulant au milieu de la grande rue, et revenant au Trône de Dieu. Pourquoi alors, ce Fleuve d'Eau de la Vie coule-t-il partout dans le ciel, en coulant au milieu de la grande rue?

Tout d'abord, le Fleuve d'Eau de la Vie est le moyen le plus facile d'aller au Trône de Dieu. Pour cela, vous allez vers la Nouvelle Jérusalem où se situe le Trône de Dieu, il vous suffit de suivre la rue faite d'or pur de chaque côté du fleuve.

Deuxièmement, dans la Parole de Dieu, il y a le chemin vers le ciel, et vous ne pouvez entrer au ciel que si vous suivez ce chemin de la Parole de Dieu. Comme Jésus le dit dans Jean 14:6, *«Je suis le chemin, la vérité et la vie. Personne ne peut venir au Père, si ce n'est par Moi,»* il y a le chemin dans la Parole de vérité de Dieu. Lorsque vous agissez selon la Parole de Dieu, vous pouvez entrer au ciel où la Parole de Dieu, le Fleuve d'Eau de la Vie coule.

De même, Dieu a dessiné le ciel de telle sorte que juste en suivant le Fleuve d'Eau de la Vie, vous puissiez arriver à la Nouvelle Jérusalem qui contient le Trône de Dieu.

Du Sable d'Or et d'Argent sur les Rives du Fleuve

Qu'il y aura-t-il sur les rives du Fleuve d'Eau de la Vie? Vous allez d'abord remarquer les sables d'or et d'argent répandus au loin. Le sable au ciel est rond et tellement doux qu'il ne collera pas aux vêtements même si vous vous y roulez.

Il y a également beaucoup de confortables bancs décorés d'or et de joyaux. Lorsque vous êtes assis avec vos chers amis et que vous avez une conversation pleine de bonheur, de beaux anges vous serviront.

Sur cette terre, vous admirez les anges, mais au ciel, les anges vous appelleront « maître » et vous serviront comme vous le souhaitez. Si vous voulez avoir du fruit, l'ange apportera les fruits dans un panier décoré de joyaux ou de fleurs et vous donnera le panier en un instant.

De plus, de part et d'autre du Fleuve d'Eau de la Vie, il y a de belles fleurs multicolores, des oiseaux, des insectes, et des animaux. Ils vous servent aussi en tant que maître et vous pouvez partager votre amour avec eux. Combien merveilleux et beau est ce ciel avec ce Fleuve d'Eau de la Vie!

L'Arbre de Vie de chaque Côté du Fleuve

Apocalypse 22:2 explique en détail l'arbre de vie de chaque côté du Fleuve d'Eau de la Vie.

> *« Au milieu de la place de la ville et sur les deux bords du fleuve, il y avait un arbre de vie, produisant douze fois des fruits, rendant son fruit chaque mois, et dont les feuilles servaient à la guérison des nations. »*

Pourquoi donc, Dieu a-t-Il placé l'arbre de vie portant douze récoltes de fruits de chaque côté du fleuve?

Premièrement, Dieu voulait que tous Ses enfants qui

entreraient dans le ciel sentent la beauté de la vie au ciel. Il voulait aussi leur rappeler qu'ils portaient le fruit du Saint-Esprit lorsqu'ils agissaient selon la Parole de Dieu, tout comme ils pouvaient manger à la sueur de leur front.

Vous devez réaliser une chose ici. Porter douze récoltes de fruits cela ne veut pas dire qu'un arbre porte douze récoltes, mais que douze espèces d'arbres différentes portent chaque récolte. Dans la bible, vous pouvez voir que douze tribus d'Israël ont été formées au départ des douze fils de Jacob et au travers de ces douze tribus, la nation d'Israël a été formée, et les nations qui acceptent la chrétienté ont été érigées partout dans le monde. Même Jésus a choisi douze disciples, et l'évangile a été prêché et répandu dans toutes les nations au travers d'eux et de leurs disciples.

Pour cela, douze récoltes de l'arbre de vie symbolisent le fait que quiconque, de n'importe quelle nation, s'il suit la foi, peut porter le fruit du Saint-Esprit et entrer au ciel.

Si vous mangez le beau et coloré fruit de l'arbre de vie, vous serez rafraîchi et vous vous sentirez plus heureux. De plus, dès qu'il est cueilli, un autre le remplace, afin qu'ils ne finissent jamais. Les feuilles de l'arbre de vie sont vert foncé et brillantes, et elles resteront ainsi à jamais parce qu'elles ne tomberont jamais et ne seront pas mangées. Ces feuilles vertes et brillantes sont beaucoup plus grandes que les feuilles des arbres de ce monde et elles poussent de manière très ordonnée.

Le Trône de Dieu et de l'Agneau

Apocalypse 22:3-5 décrit l'emplacement du Trône de Dieu et de l'Agneau au milieu du ciel.

«Il n'y aura plus d'anathème. Le trône de Dieu et de l'Agneau sera dans la ville; ses serviteurs le serviront et verront sa face, et son nom sera sur leur front. Il n'y aura plus de nuit; et ils n'auront besoin ni de lampe ni de lumière, parce que le Seigneur Dieu les éclairera. Et ils régneront aux siècles des siècles.»

Le Trône est au Milieu du Ciel

Le ciel est le lieu éternel où Dieu règne avec amour et justice. Dans la Nouvelle Jérusalem, située au milieu du ciel, il y a le Trône de Dieu et de l'Agneau. L'Agneau ici se réfère à Jésus-Christ (Exode 12:5; Jean 1:29; 1 Pierre 1:19).

Tout le monde ne peut pas entrer dans l'endroit où Dieu réside habituellement. Il est situé dans un endroit d'une autre dimension de la Nouvelle Jérusalem. Le Trône de Dieu à cet endroit est tellement plus beau et brillant que celui de la Nouvelle Jérusalem.

Le Trône de Dieu dans la Nouvelle Jérusalem est l'endroit où Dieu Lui-même vient lorsque Ses enfants adorent ou ont des banquets. Apocalypse 4:2-3 explique Dieu assis sur Son Trône.

«Aussitôt, je fus ravi en esprit, et voici, il y avait un trône dans le ciel, et sur ce trône, quelqu'un était assis. Celui qui était assis avait l'aspect d'une pierre de jaspe et de sardoine, et le trône était environné d'un arc-en-ciel semblable à de l'émeraude.»

Autour du Trône, il y a vingt-quatre anciens assis, habillés de vêtements blancs avec des couronnes d'or sur leurs têtes. Devant le Trône, sont les sept Esprits de Dieu et la mer de verre, claire comme le cristal. Au centre et autour du Trône, sont les quatre êtres vivants et de nombreux hôtes célestes et des anges.

De plus, le Trône de Dieu est couvert de lumières. Il est tellement beau, étonnant, majestueux, digne et grand qu'il est au-delà de la compréhension humaine. Il y a également à la droite du Trône de Dieu, le trône de l'Agneau, notre Seigneur Jésus. Il est différent du Trône de Dieu, mais Dieu la Trinité, le Père, le Fils et le Saint-Esprit ont le même cœur, caractéristiques et puissance.

Plus de détails à propos du Trône de Dieu seront expliqués dans le second livre du «*Ciel*», intitulé «*Rempli de la Gloire de Dieu.*»

Pas de Nuit et pas de Jour

Dieu règne dans le ciel et l'univers avec amour et justice depuis Son Trône, qui est brillant avec la belle et sainte lumière de gloire. Le Trône est au milieu du ciel et à côté du Trône de Dieu il y a le Trône de l'Agneau, et il reflète aussi la lumière de gloire. A cause de cela, le ciel n'a pas besoin du soleil ou de la lune ou d'une quelconque lumière ou d'électricité pour briller sur lui. Il n'y a pas de jour ni de nuit au ciel.

Par ailleurs, Hébreux 12:14 vous encourage à «*Rechercher la paix avec tous, et la sanctification, sans laquelle personne ne verra le Seigneur*». Jésus dans Matthieu 5:8 vous promet que «*Heureux ceux qui ont le cœur pur, car ils verront Dieu.*»

Pour cela, tous les chrétiens qui se débarrassent de tout mal dans leur cœur et qui obéissent totalement à la Parole de Dieu peuvent voir la face de Dieu. Dans la mesure où ils ressemblent au Seigneur, les croyants seront bénis dans ce monde, et ils vivront aussi plus près du Trône de Dieu au ciel.

Combien les gens seront heureux s'ils peuvent voir la face de Dieu, Le servir, et partager Son amour à jamais!Cependant, de la même manière que vous ne pouvez pas regarder le soleil directement à cause de sa brillance, ceux qui ne ressemblent pas au cœur du Seigneur ne peuvent voir Dieu de près.

Jouissant du Bonheur véritable à Jamais dans le Ciel

Vous pouvez jouir du véritable bonheur dans tout ce que vous faites au ciel parce que c'est le meilleur don que Dieu a préparé avec un amour débordant pour Ses enfants. Les anges serviront les enfants de Dieu comme c'est écrit dans Hébreux 1:14 *«Ne sont-ils pas tous des esprits au service de Dieu, envoyés pour exercer un ministère en faveur de ceux qui doivent hériter du salut?»* Comme les gens ont différentes mesures de foi, la taille des maisons et le nombre des anges qui les servent différeront cependant selon la mesure dont les gens ressemblent à Dieu.

Ils seront servis comme des princes et des princesses parce que les anges liront les pensées de leurs maîtres auxquels ils sont assignés et prépareront tout ce qu'ils demandent. De plus, les animaux et les plantes aimeront les enfants de Dieu et les serviront. Les animaux dans le ciel obéiront inconditionnellement aux enfants de Dieu et parfois essaieront de faire des choses belles pour leur plaire parce qu'il n'ont pas de méchanceté.

Et qu'en est-il des plantes dans le ciel? Chaque plante a un beau et unique parfum, et chaque fois que les enfants de Dieu les approchent, elles exhalent ce parfum. Les fleurs donnent le meilleur parfum pour les enfants de Dieu, et ce parfum se répand même dans des lieux éloignés. Le parfum est aussi régénéré immédiatement après avoir été diffusé.

Les fruits aussi des douze espèces de l'arbre de vie ont leur propre goût. Si vous sentez le parfum des fleurs ou que vous mangez de l'arbre de vie, vous serez tellement rafraîchis et heureux que cela ne peut être comparé avec rien dans ce monde.

De plus, contrairement aux plantes de cette terre, les fleurs du ciel souriront lorsque les enfants de Dieu les approcheront. Elles danseront même pour leur maîtres et les gens peuvent aussi avoir une conversation avec elles.

Même si quelqu'un prend une fleur, elle ne sera pas blessée ni triste mais sera restaurée par la puissance de Dieu. La fleur qui est cueillie sera dissoute dans l'air et disparaîtra. Le fruit mangé par les gens sera aussi dissous avec une senteur merveilleuse et disparaîtra par la respiration.

Il y a quatre saisons au ciel, et les gens peuvent jouir du changement de saison. Les gens sentiront l'amour de Dieu en se réjouissant des caractéristiques spéciales de chaque saison: printemps, été, automne et hiver. Maintenant on peut se demander «Souffrirons-nous encore de la chaleur de l'été et du froid de l'hiver même au ciel?» Le temps au ciel présente cependant les meilleures conditions pour que les enfants de Dieu puissent vivre, et ils ne souffriront pas du temps froid ou chaud. Cependant, malgré que les corps spirituels ne puissent ressentir le froid ou le chaud même dans des endroits chauds ou froids, ils peuvent sentir l'air frais ou chaud. Personne ne souffrira donc du temps chaud ou froid au ciel.

En automne, les enfants de Dieu peuvent jouir de belles feuilles qui tombent, et en hiver ils peuvent voir de la neige blanche. Ils seront capables de jouir de la beauté qui est beaucoup plus belle que toute chose dans ce monde. La raison pour laquelle Dieu a fait quatre saisons dans le ciel est afin que Ses enfants sachent que tout ce qu'ils désirent est prêt pour leur jouissance dans le ciel. C'est dès lors un exemple de Son amour que de satisfaire Ses enfants lorsque cette terre sur laquelle ils ont été cultivés jusqu'à ce qu'ils deviennent de véritables enfants de Dieu leur manque.

Le ciel est un univers à quatre dimensions qui ne peut être comparé à ce monde. Il est rempli de l'amour et de la puissance de Dieu, et il connaît des événements sans fin et des activités que les gens ne peuvent même pas imaginer. Vous apprendrez plus au sujet des vies éternellement heureuses des croyants au ciel au chapitre 5.

Seuls ceux dont les noms sont inscrits dans le Livre de Vie de l'Agneau pourront entrer dans le ciel. Comme cela est écrit dans Apocalypse 21:6-8, uniquement celui qui boit de l'Eau de la Vie et qui devient un enfant de Dieu peut hériter du Royaume de Dieu.

> *«Et il me dit: C'est fait! Je suis l'alpha et l'oméga, le commencement et la fin. A celui qui a soif je donnerai de la source de l'eau de la vie, gratuitement. Celui qui vaincra héritera ces choses; je serai son Dieu, et il sera mon fils. Mais pour les lâches, les incrédules, les abominables, les meurtriers, les impudiques, les enchanteurs, les idolâtres, et tous les menteurs, leur part sera dans l'étang ardent de feu et de soufre, ce qui est la seconde mort.»*

C'est une tâche essentielle de l'homme que de craindre Dieu et de garder Ses commandements (Ecclésiaste 12:15). Donc, si vous ne craignez pas Dieu ou que brisez Sa Parole et continuez à pécher même lorsque vous savez que vous péchez, vous ne pouvez pas entrer dans le ciel. Les gens mauvais, les meurtriers, les adultères, les magiciens et les idolâtres qui sont au-delà du sens commun, n'iront définitivement pas au ciel. Ils ont ignoré Dieu, servi des démons et cru en des dieux étrangers en suivant l'ennemi Satan et le diable.

En plus, ceux qui mentent à Dieu et le trompent, qui parlent et blasphèment contre le Saint-Esprit n'entreront jamais dans le ciel. Comme je l' ai expliqué dans le livre *Enfer*, ces gens souffriront la punition éternelle dans l'enfer.

Pour cela, je prie au nom du Seigneur, que non seulement vous acceptiez Jésus-Christ et que vous receviez le droit en tant qu'enfant de Dieu, mais aussi que vous jouissiez d'un bonheur éternel dans ce merveilleux ciel qui est aussi transparent que le cristal, en suivant la Parole de Dieu.

Chapitre 2

Le Jardin d'Eden
et le Lieu d'attente du Ciel

Puis l'Éternel Dieu planta un jardin en Éden, du côté de l'orient, et il y mit l'homme qu'il avait formé. L'Éternel Dieu fit pousser du sol des arbres de toute espèce, agréables à voir et bons à manger, et l'arbre de la vie au milieu du jardin, et l'arbre de la connaissance du bien et du mal.

- Genèse 2:8-9

Adam, le premier homme que Dieu a créé, vivait dans le Jardin d'Eden en tant qu'esprit vivant communiquant avec Dieu. Après un temps assez long, cependant, Adam a commis un péché de désobéissance en mangeant de l'arbre de la connaissance du bien et du mal, ce que Dieu avait interdit. Par conséquent, son esprit, le maître de l'homme est mort. Il fut chassé du Jardin d'Eden et dut vivre sur cette terre. Maintenant, les esprits d'Adam et d'Eve sont morts et la communication avec Dieu a été interrompue. Combien ont-ils dû regretter le Jardin d'Eden en vivant sur cette terre maudite?

Le Dieu omniscient connaissait anticipativement la désobéissance d'Adam et il a préparé Jésus-Christ, et a ouvert le chemin du salut lorsque le temps fut venu. Quiconque est sauvé par la foi héritera du royaume des cieux qui ne peut même pas être comparé avec le Jardin d'Eden.

Après que Jésus fut ressuscité et monté au ciel, Il a préparé un lieu d'attente où les gens qui sont sauvés peuvent rester jusqu'au Jour du Jugement, en préparant des lieux de séjour pour eux. Regardons le Jardin d'Eden et le Lieu d'Attente du ciel afin de mieux comprendre le ciel.

Le Jardin d'Eden où Adam a Vécu

Genèse 2:8-9 explique le Jardin d'Eden. C'est l'endroit où le premier homme et la femme que Dieu a créés, Adam et Eve avaient l'habitude de vivre.

«Puis l'Éternel Dieu planta un jardin en Éden, du côté de l'orient, et il y mit l'homme qu'il avait formé. L'Éternel Dieu fit pousser du sol des arbres de toute espèce, agréables à voir et bons à manger, et l'arbre de la vie au milieu du jardin, et l'arbre de la connaissance du bien et du mal.»

Le Jardin d'Eden était un endroit où Adam, un esprit vivant allait vivre, il a donc été créé dans le niveau spirituel. Alors, où se trouve réellement aujourd'hui le Jardin d'Eden, lieu de résidence du premier homme Adam?

L'emplacement du Jardin d'Eden

Dieu a mentionné «Cieux» dans beaucoup d'endroits dans la Bible, afin que vous sachiez qu'il y a des endroits dans le monde spirituel au-delà du ciel que vous ne pouvez voir avec vos yeux nus. Il a utilisé le mot «cieux» afin que vous compreniez les endroits qui appartiennent au monde spirituel.

> *«Voici, à l'Éternel, ton Dieu, appartiennent les cieux et les cieux des cieux, la terre et tout ce qu'elle renferme.»* *(Deutéronome 10:14)*

> *«Il a créé la terre par sa puissance, Il a fondé le monde par sa sagesse, Il a étendu les cieux par son intelligence.»* *(Jérémie 10:12)*

> *«Louez-le, cieux des cieux, Et vous, eaux qui êtes au-dessus des cieux!»* *(Psaume 148:4)*

Pour cela, vous devez comprendre que «ciel» et «cieux» ne représente pas uniquement le ciel visible à nos yeux nus. C'est le Premier Ciel où se trouve le soleil, la lune et les étoiles, et il y a le Second Ciel et le Troisième Ciel qui appartiennent au monde spirituel. Dans 2 Corinthiens 12, l'apôtre Paul parle du Troisième Ciel. L'entièreté du ciel, du Paradis à la Nouvelle Jérusalem se trouve dans le Troisième Ciel.

L'apôtre Paul a été au Paradis qui est l'endroit pour ceux qui ont le moins de foi, et qui est le plus éloigné du Trône de Dieu. Et là-bas, il a entendu les secrets du ciel? Il a cependant confessé que «ce sont des choses que l'homme ne peut pas exprimer».

Quel genre de monde spirituel est alors le Second Ciel? C'est différent du Troisième Ciel, et le Jardin d'Eden se trouve là-bas. Beaucoup de gens ont cru que le Jardin d'Eden se trouvait sur cette terre. Beaucoup d'enseignants d'école biblique et de chercheurs ont continué des recherches archéologiques et des études autour de la Mésopotamie et aux confins de l'Euphrate et du Tigre au Moyen Orient. Ils n'ont cependant encore rien trouvé à ce jour. La raison pour laquelle les gens ne peuvent pas trouver le Jardin d'Eden sur cette terre est parce qu'il se trouve dans le Second Ciel qui appartient au monde spirituel.

Le Second Ciel est aussi l'endroit où se trouvent les esprits impurs qui ont été chassés du Troisième Ciel après la rébellion de Lucifer. Genèse 3:24 dit, *« C'est ainsi qu'il chassa Adam; et il mit à l'orient du jardin d'Éden les chérubins qui agitent une épée flamboyante, pour garder le chemin de l'arbre de vie. »* Dieu a fait cela afin d'éviter que les esprits impurs n'arrivent à la vie éternelle en entrant dans le Jardin d'Eden et en mangeant de l'arbre de vie.

Portes vers le Jardin d'Eden

Maintenant vous ne devez pas comprendre que le Second Ciel est au-dessus du Premier Ciel, et le Troisième Ciel au-dessus du Deuxième Ciel. Vous ne pouvez pas comprendre l'espace du monde à quatre dimensions et au-delà, avec la compréhension et la connaissance du monde tridimensionnel. Alors comment les divers cieux sont-ils structurés? Le monde tridimensionnel que vous voyez et les cieux spirituels semblent être séparés mais en même temps, ils sont superposés et connectés. Il y a des portes qui connectent le monde tridimensionnel avec le monde spirituel.

Malgré que vous ne puissiez pas les voir, des portes relient le Premier Ciel au Jardin d'Eden dans le Second Ciel. Il y a aussi des portes qui conduisent au Troisième Ciel. Ces portes ne sont pas très élevées, mais principalement à la hauteur des nuages que vous pouvez survoler au départ d'un avion.

Dans la Bible, vous pouvez réaliser qu'il y a des portes qui mènent au ciel (Genèse 7:11; 2 Rois 2:11; Luc 9:28-36; Actes 1:9; 7:56). Donc, lorsque la porte du ciel s'ouvre, il est possible d'accéder à un ciel différent dans le monde spirituel et ceux qui sont sauvés par la foi peuvent monter au Troisième Ciel.

C'est pareil pour l'Hades et l'enfer. Ces endroits appartiennent aussi au monde spirituel et il y a des portes qui conduisent à ces lieux là aussi. Donc, lorsque des gens sans foi meurent, ils iront vers le Tombeau Inférieur, qui appartient à l'enfer, ou directement en enfer au travers de ces portes.

Les Dimensions Spirituelles et Physiques Cohabitent

Le Jardin d'Eden, qui appartient au Second Ciel se trouve dans le monde spirituel, mais est différent du monde spirituel du Troisième Ciel. Ce n'est pas un monde complètement spirituel parce qu'il peut coexister avec le monde physique.

En d'autres termes, le Jardin d'Eden est à mi-chemin entre le monde physique et le monde spirituel. Le premier homme Adam était un esprit vivant, mais il avait encore un corps physique fait de poussière. Adam et Eve étaient donc féconds et ont grandi en nombre là-bas, en donnant naissance à des enfants de la manière dont nous le faisons (Genèse 3:16).

Même après que le premier homme Adam eut mangé de l'arbre de la connaissance du bien et du mal et fut chassé vers ce monde, ses enfants qui sont restés dans le Jardin d'Eden vivent encore à ce jour en tant qu'esprits vivants, n'expérimentant pas la mort. Le Jardin d'Eden est un endroit très paisible où il n'y a pas de mort. Il est régi par la puissance de Dieu et contrôlé par les règles et ordonnances que Dieu a faites. Malgré qu'il n'y ait pas de distinction entre le jour et la nuit, les descendants d'Adam savent que le temps est actif, le temps de repos et ainsi de suite.

Le Jardin d'Eden a aussi des caractéristiques similaires à celles de cette terre. Il est rempli de nombreuses plantes, animaux et insectes. Il possède aussi une nature belle et sans fin. Il n'y a cependant pas de hautes montagnes, mais seulement des collines basses. Sur ces collines, il y a des maisons qui ressemblent à des buildings, mais les gens n'y vivent pas, ils ne font que se reposer dans ces buildings.

Lieu de Vacances pour Adam et Ses Enfants

Le premier homme Adam a vécu pendant longtemps dans le Jardin d'Eden en étant fécond et en croissant en nombre. Parce qu'Adam et ses enfants étaient des esprits vivants, ils pouvaient descendre librement vers cette terre au travers des portes du Second Ciel.

Parce qu'Adam et ses enfants visitaient la terre en tant que lieu de vacances pendant longtemps, vous devez vous rendre compte que l'histoire de l'humanité est très longue. Certains confondent cette histoire avec les six mille ans d'histoire de la culture humaine et ne croient pas à la Bible.

Lorsque vous regardez avec attention aux mystérieuses civilisations anciennes, vous réalisez cependant qu'Adam et ses enfants avaient l'habitude de descendre sur cette terre. Les pyramides et le Sphinx de Gizeh, en Egypte par exemple sont également les empreintes d'Adam et de ses enfants qui vivaient dans le Jardin d'Eden. De telles empreintes, découvertes partout dans le monde ont été réalisées avec une technologie et une science beaucoup plus sophistiquées, dont certaines ne peuvent même pas être imitées avec notre connaissance scientifique moderne d'aujourd'hui.

Les Pyramides par exemple contiennent des calculs

mathématiques merveilleux, ainsi qu'une connaissance géométrique et astronomique que vous ne pouvez comprendre et trouver qu'avec des études poussées. Elles contiennent beaucoup de secrets que vous ne pouvez retracer que si vous connaissez les constellations exactes et le cycle de l'univers. Certaines personnes considèrent ces mystérieuses anciennes civilisations comme des empreintes d'extraterrestres de l'espace mais, avec la Bible, vous pouvez résoudre des choses que même la science est incapable de comprendre.

L'Empreinte de la Civilisation d'Eden

Adam, dans le Jardin d'Eden avait une amplitude de connaissance et de capacités inimaginables. Ceci était le résultat de ce que Dieu avait enseigné à Adam la vraie connaissance, et une telle connaissance et compréhension s'est accumulée et développée avec le temps. Pour Adam donc, qui connaissait tout de l'univers et qui avait soumis la terre, il n'était pas difficile de construire les Pyramides ou le Sphinx. Comme Dieu avait enseigné directement Adam, le premier homme connaissait les choses que vous ne connaissez ou saisissez toujours pas même avec l'aide de la science moderne.

Certaines Pyramides furent construites par les capacités et la connaissance d'Adam, mais d'autres ont été construites par ses enfants, et d'autres encore ont été construites par les hommes sur cette terre qui ont essayé d'imiter les pyramides d'Adam après un temps assez long. Toutes ces pyramides ont des différences technologiques distinctes. C'est parce que seul Adam possédait l'autorité donnée par Dieu de soumettre toute la création.

Adam a vécu pendant longtemps dans le Jardin d'Eden, descendant occasionnellement sur cette terre, mais il fut chassé du Jardin d'Eden après avoir commis le péché de désobéissance. Dieu n'a cependant pas fermé les portes qui connectent la terre et le Jardin d'Eden pendant un certain temps après cela.

C'est pourquoi les enfants d'Adam qui vivaient toujours dans le Jardin d'Eden sont venus librement sur la terre, et comme ils venaient plus souvent, ils ont commencé à prendre les filles des hommes pour femme (Genèse 6:1-4).

Alors, Dieu a fermé les portes du ciel qui connectent la terre avec le Jardin d'Eden. Le voyage n'a cependant pas cessé complètement, mais il est maintenant soumis à un contrôle très strict comme jamais auparavant. Vous devez réaliser que beaucoup de civilisations anciennes non éclaircies et mystérieuses sont les empreintes d'Adam et de ses enfants, laissées pendant le temps où ils pouvaient librement venir sur cette terre.

L'Histoire des Hommes et des Dinosaures sur la Terre

Comment se fait-il donc que les dinosaures ont vécu sur la terre et se sont subitement éteints? C'est aussi une des évidences importantes qui vous dit combien longue est l'histoire humaine. C'est un secret qui ne peut être résolu que par la Bible.

Dieu avait en fait placé des dinosaures dans le Jardin d'Eden. Ils étaient doux, mais furent chassés sur la terre parce qu'ils sont tombés dans le piège de Satan pendant la période où Adam pouvait librement voyager entre la terre et le Jardin d'Eden. Maintenant, les dinosaures qui ont été forcés de vivre sur cette terre ont dû constamment chercher des choses à manger.

Contrairement au temps où ils vivaient dans le Jardin d'Eden, où tout était abondant, cette terre ne pouvait pas produire suffisamment de nourriture pour les dinosaures avec leurs gros corps. Ils ont mangé les fruits, les graines et les plantes et ont ensuite commencé à manger les animaux. Ils allaient détruire l'environnement et la chaîne alimentaire. Dieu a alors décidé qu'il ne pouvait pas garder les dinosaures plus longtemps sur cette terre, et les a exterminés par le feu d'en haut.

De nos jours, de nombreux érudits argumentent que les dinosaures ont vécu pendant longtemps sur cette terre. Ils disent que les dinosaures ont vécu pendant plus de cent soixante millions d'années. Cependant, aucun des arguments n'explique de manière satisfaisante comment tant de dinosaures arrivèrent à l'existence et disparurent aussi rapidement. De même, si de tels grands dinosaures ont évolué pendant un temps aussi long, qu'auraient-ils mangé pour prolonger leur vie ?

Selon la théorie de l'évolution, avant que tant de dinosaures firent leur apparition, beaucoup d'espèces de créatures de niveau inférieur ont dû exister, mais il n'y a toujours pas de preuves de cela. En règle générale, pour qu'une espèce ou famille d'animaux disparaisse, il faut qu'elle décroisse en nombre pendant un certain temps et puis qu'elle disparaisse complètement. Les dinosaures cependant, disparurent soudainement.

Les érudits argumentent que c'est le résultat d'un brusque changement de climat, d'un virus ou d'une radiation causée par l'explosion d'une autre étoile, ou la collision d'un grand météorite avec la terre. Cependant, si un tel changement brusque avait été suffisamment catastrophique pour tuer tous les dinosaures, tous les autres animaux et les plantes auraient dû être détruits aussi. Les autres plantes, oiseaux ou mammifères sont cependant toujours en vie même de nos jours, et la réalité ne soutient pas la théorie de l'évolution.

Même avant que les dinosaures n'apparaissent sur cette terre, Adam et Eve vivaient dans le Jardin d'Eden, descendant parfois sur la terre. Vous devez réaliser que l'histoire de la terre est très longue.

Vous pouvez connaître plus de détails au travers des *«Enseignements sur la Genèse»* que j'ai prêchés. A partir de ce point, je voudrais expliquer la merveilleuse nature du Jardin d'Eden.

La Merveilleuse Nature du Jardin d'Eden

Vous êtes confortablement couchés dans une plaine remplie d'arbres verts et de fleurs, recevant une lumière qui caresse doucement tout votre corps, et regardant le ciel bleu ou des nuages blancs immaculés flottent en prenant différentes formes.

Un lac brille merveilleusement au bas de la pente et une douce brise contenant le parfum délicat de fleurs vous caresse délicatement. Vous pouvez avoir de délicieuses conversations avec ceux que vous aimez et ressentir le bonheur. Parfois, vous pouvez vous coucher dans de verts pâturages ou sur une gerbe de fleurs et vous pouvez sentir le suave parfum en touchant doucement les fleurs. Vous pouvez aussi vous coucher à l'ombre d'un arbre, qui porte de gros fruits appétissants, et manger autant de fruits que vous le souhaitez.

Dans le lac et dans la mer, il y a de nombreuses espèces de poissons colorés. Si vous le voulez, vous pouvez aller à la plage toute proche et jouir des vagues rafraîchissantes ou des plages de sable blanc qui brillent sous le soleil. Si vous le désirez, vous pouvez même nager comme les poissons.

De splendides daims, lapins ou écureuils avec de beaux yeux brillants viennent vers vous et font de bonnes choses. Dans la grande plaine, de nombreux animaux jouent entre eux pacifiquement.

Ceci est le Jardin d'Eden où il y a la plénitude d'une calme paix et de la joie. Beaucoup de gens dans ce monde aimeraient probablement quitter leur vie affairée et connaître ne fut ce qu'une fois cette paix et cette sérénité.

La Vie Abondante dans le Jardin d'Eden

Les gens dans le Jardin d'Eden peuvent manger et se réjouir autant qu'ils le veulent, même s'ils ne travaillent pas pour cela. Il n'y a pas de craintes, ni de soucis ni d'anxiété, et c'est seulement rempli de joie, de plaisir et de paix. Parce que tout est régi par les lois et les ordonnances de Dieu, les gens peuvent jouir de la vie éternelle et cela malgré qu'ils n'aient travaillé pour rien.

Dans le Jardin d'Eden, qui a un environnement similaire à celui de cette terre, il y a de nombreuses caractéristiques de cette terre. Cependant, étant donné le fait qu'elles ne sont pas polluées ou ne changent pas depuis le temps où elles ont été créées, elles conservent leur claire et belle nature contrairement à leur équivalent sur la terre.

Aussi, malgré que les gens dans le Jardin d'Eden ne portent généralement pas de vêtements, ils ne ressentent pas de honte et ne sont pas adultères, parce qu'ils ne vivent pas dans une nature pécheresse et n'ont aucun mal dans leur cœur. C'est comme si un bébé qui vient de naître joue nu librement, totalement sans être troublé et ignorant de ce que les autres pourraient dire ou penser.

L'environnement du Jardin d'Eden est bon pour les gens même s'ils ne portent pas de vêtements, c'est pourquoi ils ne sentent aucun malaise au fait d'être nus. Combien cela devrait-il être bon parce qu'il n'y a ni insectes, ni épines qui blessent la peau!

Certaines personnes portent des vêtements. Ce sont les leaders d'un certain nombre de personnes. Il y a des ordonnances et des lois dans le Jardin d'Eden aussi. Dans un groupe, il y a un leader et les membres lui obéissent et le suivent. Ces leaders portent des vêtements, mais ils le font uniquement pour montrer leur position, et pas pour se couvrir, se protéger ou se décorer eux-mêmes.

Genèse 3:8 remarque un changement de température dans le Jardin d'Eden: *«Alors ils entendirent la voix de l'Eternel Dieu qui parcourait le jardin avec la brise du soir. L'homme et la femme allèrent se cacher devant l'Eternel Dieu, parmi les arbres du jardin.»* Vous réalisez que les gens dans le Jardin d'Eden sentent la «brise du soir». Cela ne veut seulement pas dire qu'ils doivent transpirer un jour de canicule ou trembler de manière incontrôlée un jour de fraîcheur comme ils le feraient sur cette terre.

Le Jardin d'Eden possède toujours le niveau le plus confortable de température, humidité ou vent afin qu'il n'y ait aucune gêne causée par un changement de temps.

Le Jardin d'Eden n'a pas non plus de jour ni de nuit. Il est toujours entouré de la lumière de Dieu le Père et vous vous sentez toujours en plein jour. Les gens ont des temps de repos, et ils font la différence entre les temps d'activité et les temps de repos selon les changements de température.

Ce changement de température ne signifie cependant pas qu'elle va augmenter ou diminuer drastiquement, de manière à ce que les gens sentent subitement la chaleur ou le froid. Mais elle les mettra à l'aise pour se reposer dans une douce brise.

Les Gens sont Cultivés sur la Terre

Le Jardin d'Eden est tellement grand et large que vous ne pouvez pas imaginer convenablement sa taille. Il est approximativement un milliard de fois plus grand que cette terre. Le Premier Ciel où les gens peuvent seulement vivre pendant soixante-dix ou quatre vingt ans semble infini, s'étendant de notre système solaire vers des galaxies au-delà. Combien plus grand alors que le Premier Ciel, doit être ce Jardin d'Eden où les gens se multiplient en nombre sans connaître la mort?

En même temps, peu importe combien beau, abondant et immense le Jardin d'Eden peut être, il ne peut être comparé à aucun endroit au ciel. Même le Paradis qui est le Lieu d'Attente dans le ciel est un endroit bien plus beau et heureux. La vie éternelle dans le Jardin d'Eden est très différente de la vie éternelle au ciel.

Pour cela, au travers d'un examen du plan de Dieu et des différentes étapes d'Adam, chassé du Jardin d'Eden et cultivé sur cette terre, vous verrez combien le Jardin d'Eden diffère du Lieu d'Attente dans le ciel.

L'Arbre de la Connaissance du Bien et du Mal dans le Jardin d'Eden

Le premier homme Adam pouvait manger tout ce qu'il voulait, soumettre toute la création, et vivre éternellement dans le Jardin d'Eden. Cependant, si vous lisez Genèse 2:16-17, Dieu ordonne à l'homme: *«L'Éternel Dieu donna cet ordre à l'homme: Tu pourras manger de tous les arbres du jardin; mais tu ne mangeras pas de l'arbre de la connaissance du bien et du mal, car le jour où tu en mangeras, tu mourras certainement.»* Malgré le fait que Dieu ait donné à Adam une incroyable puissance pour soumettre toute la création ainsi qu'un libre arbitre, Il a strictement interdit à Adam de manger de l'arbre de la connaissance du bien et du mal. Dans le Jardin d'Eden, il y a de nombreuses espèces de fruits colorés, beaux et délicieux qui ne peuvent être comparés à aucun de ceux de cette terre. Dieu a donné tous les fruits sous le contrôle d'Adam, de manière à ce qu'il puisse en manger autant qu'il le voulait.

Le fruit de l'arbre de la connaissance du bien et du mal était cependant une exception. Au travers de ceci, vous devez réaliser que malgré le fait que Dieu avait déjà su qu'Adam mangerait de l'arbre de la connaissance du bien et du mal, Il n'a pas simplement laissé Adam commettre le péché. Tant de gens se méprennent sur l'intention de Dieu et croient qu'il avait l'intention de tester Adam en plaçant l'arbre de la connaissance du bien et du mal, tout en sachant qu'Adam en mangerait. Il n'aurait pas donné un ordre aussi ferme à Adam. Vous voyez donc, que Dieu n'a pas placé intentionnellement l'arbre de la connaissance du bien et du mal afin de laisser Adam en manger ou de le tester.

Comme cela est écrit dans Jacques 1:13, *«Que personne, lorsqu'il est tenté, ne dise: C'est Dieu qui me tente. Car Dieu ne peut être tenté par le mal, et il ne tente lui-même personne.»* Dieu Lui-même ne tente personne.

Alors, pourquoi Dieu A-t-il placé l'arbre de la connaissance du bien et du mal dans le Jardin d'Eden?

Si vous pouvez vous sentir joyeux, heureux ou ravis c'est parce que vous avez expérimenté les sentiments opposés d'amertume, de tristesse ou de douleur. De la même manière si vous savez que la bonté, la vérité et la lumière sont bonnes, c'est parce que vous avez expérimenté et savez que le mal, le mensonge et les ténèbres sont mauvais.

Si vous n'avez pas expérimenté cette relativité, vous ne pouvez pas ressentir dans votre cœur combien bons sont l'amour, la bonté et le bonheur et cela même si vous en avez entendu parler dans votre intelligence.

Par exemple, une personne qui n'a jamais été malade ou n'a jamais vu de malade peut-elle connaître la douleur d'une maladie? Cette personne ne pourrait même pas savoir qu'il est relativement bon d'être en bonne santé. De même, si une personne n'a jamais été dans le besoin et n'a jamais connu une autre personne dans le besoin, comment pourrait-il connaître ce qu'est la pauvreté? Ce type de personne ne peut ressentir qu'il est «bon» d'être riche, peu importe le niveau de la richesse. De même si quelqu'un n'a pas expérimenté la pauvreté, il peut difficilement avoir une pensée reconnaissante dans le fond de son cœur.

Si quelqu'un ne se rend pas compte de bonnes choses qu'il possède, il ne connaît pas la valeur du bonheur dont il jouit.

Cependant, si quelqu'un a déjà expérimenté la douleur d'une maladie et la tristesse de la pauvreté, il serait capable d'être reconnaissant dans son cœur pour le bonheur qui provient du fait d'être en bonne santé et riche. Ceci est la raison pour laquelle Dieu a dû placer l'arbre de la connaissance du bien et du mal.

Pour cela Adam et Eve, qui ont été chassés du Jardin d'Eden, ont expérimenté cette relativité, et ils ont réalisé l'amour et les bénédictions que Dieu leur avait donnés. Ce n'est qu'à ce moment qu'ils ont pu devenir des véritables enfants de Dieu qui connaissent la valeur du bonheur véritable et de la vie.

Dieu n'a cependant pas conduit expressément Adam sur ce chemin. Adam a choisi délibérément de désobéir au commandement de Dieu. Dans Son grand amour et Sa justice, Dieu avait planifié la culture humaine.

La Providence Divine de la Culture Humaine

Lorsque les habitants du Jardin d'Eden en ont été chassés

et ont commencé à être cultivés sur cette terre, ils ont dû expérimenter toutes espèces de souffrances, telles que les larmes, le regret, la douleur, la maladie et la mort. Mais cela les a conduits à ressentir le véritable bonheur et à jouir de la vie éternelle au ciel, avec une grande gratitude.

Pour cela, faire de nous Ses enfants véritables au travers de cette culture humaine n'est qu'un exemple du merveilleux amour et du plan de Dieu. Les parents ne penseraient pas que ce soit une perte de temps que d'entraîner et parfois punir leurs enfants si cela peut faire la différence et faire réussir leurs enfants. De même, si les enfants croient en la gloire qu'ils vont recevoir dans le futur, ils seront patients et vont vaincre toute situation difficile et obstacles.

De même, si vous pensez au véritable bonheur dont vous jouirez au ciel, la culture sur cette terre n'est plus difficile ou douloureuse. Au contraire, vous serez reconnaissants d'être capables de vivre selon la Parole de Dieu parce que vous espérez en la gloire que vous allez recevoir ultérieurement.

Qui donc Dieu considérerait-Il comme étant le plus cher – ceux qui sont vraiment reconnaissants à Dieu après avoir expérimenté beaucoup de difficultés sur cette terre, ou les gens du Jardin d'Eden qui n'apprécient pas réellement ce qu'ils ont, et cela malgré le fait qu'ils habitent dans un tel merveilleux et abondant environnement?

Dieu a cultivé Adam, qui a été chassé du Jardin d'Eden, et il cultive ses descendants sur cette terre pour en faire Ses véritables enfants. Lorsque cette culture est terminée et que les maisons sont prêtes dans le ciel, le Seigneur reviendra. Si vous vivez au ciel, vous aurez un bonheur éternel, parce que même le niveau le plus bas du ciel ne peut se comparer à la beauté du Jardin d'Eden.

Pour cela, vous devez réaliser la providence de Dieu dans la culture humaine et lutter pour devenir Ses véritables enfants qui agissent conformément à Sa Parole.

Le Lieu d'Attente au Ciel

Les descendants d'Adam qui ont désobéi à Dieu sont destinés à mourir un jour, et ensuite de faire face au Grand Jugement (Hébreux 9:27). Les esprits des êtres humains sont cependant immortels, et ils doivent donc aller soit au ciel, soit en enfer.

Ils ne vont cependant pas directement au ciel ou en enfer, mais ils demeurent dans un Lieu d'Attente au ciel ou en enfer. Quelle est alors ce Lieu d'Attente au ciel où demeurent les enfants de Dieu?

L'Esprit de quelqu'un quitte son Corps à la Fin

Lorsqu'une personne meurt, l'esprit quitte le corps. Après la mort, quiconque n'a pas connu cela sera très étonné lorsqu'il ou elle verra exactement la même personne couchée. Même si c'est un croyant, combien étrange cela sera lorsque l'esprit quitte son propre corps?

Si vous allez vers le monde à quatre dimensions, au départ du monde tridimensionnel dans lequel vous vivez en ce moment, tout est très différent. Le corps se sent très léger et vous sentez comme si vous volez. Vous ne pouvez cependant pas avoir une totale liberté même lorsque votre esprit a quitté votre corps.

Tout comme les oisillons ne peuvent pas voler immédiatement, même s'ils sont nés avec des ailes, vous avez besoin d'un temps pour vous adapter au monde spirituel et en apprendre les rudiments.

Ceux donc, qui meurent avec la foi en Jésus-Christ sont attendus par deux anges et vont vers le Tombeau Supérieur. Là ils apprennent la vie au ciel par les anges ou les prophètes.

Si vous lisez la Bible, vous réalisez qu'il y a deux types de tombeaux. Les ancêtres de la foi comme Jacob et Job disent qu'ils vont aller au tombeau après leur mort (Genèse 37:35; Job 7:9). Koré et son groupe qui se sont opposé à Moïse sont tombés vivants dans le tombeau (Nombres 16:33).

Luc 16 parle d'un homme riche et d'un mendiant nommé Lazare qui sont allés vers les tombeaux après leur mort, et vous vous rendez compte qu'ils ne vont pas dans le même «tombeau». L'homme riche souffre tellement dans le feu, tandis que Lazare repose dans le sein d'Abraham, loin de lui.

De la même manière, il y a un tombeau pour ceux qui sont sauvés, tandis qu'il y a un autre tombeau pour ceux qui ne sont pas sauvés. Le tombeau dans lequel Koré et ses hommes et l'homme riche sont arrivés est dans le Tombeau Inférieur qui appartient à l'enfer, mais le tombeau dans lequel Lazare est arrivé est le Tombeau Supérieur qui appartient au ciel.

Séjour de Trois Jours dans le Tombeau Supérieur

Pendant les temps de l'Ancien Testament, ceux qui étaient sauvés attendaient dans le Tombeau Supérieur. Etant donné qu'Abraham, le précurseur de la foi avait reçu la charge du Tombeau Supérieur, le mendiant Lazare est dans le sein d'Abraham dans Luc 16. Après la résurrection du Seigneur cependant, et sa montée au ciel, ceux qui sont sauvés ne vont plus dans le Tombeau Supérieur, dans le sein d'Abraham. Ils restent dans le Tombeau Supérieur pendant trois jours, puis vont quelque part au Paradis. Cela signifie qu'ils seront avec le

Seigneur dans le Lieu d'Attente du ciel.

Comme Jésus le dit dans Jean 14:2, *«Il y a plusieurs demeures dans la maison de mon Père. Si cela n'était pas, je vous l'aurais dit. Je vais vous préparer une place»*, après Sa résurrection et Son ascension au ciel, notre Seigneur prépare une place pour chaque croyant. Donc, depuis le temps que le Seigneur prépare une place pour les enfants de Dieu, ceux qui sont sauvés demeurent dans le Lieu d'Attente du ciel, quelque part au Paradis.

Certains se demandent comment un aussi grand nombre de gens sauvés depuis la création peuvent vivre au Paradis, mais il n'y a pas lieu de s'inquiéter. Même le système solaire auquel appartient cette terre n'est qu'un point comparé à la galaxie. Alors, combien grande est la galaxie? Comparée à tout l'univers, une galaxie est à peine un point. Alors, combien grand est l'univers?

De plus, cet univers n'est qu'un parmi de nombreux autres, et il est donc impossible d'estimer la taille de l'univers entier. Si ce monde physique est tellement large, combien plus large doit être le monde spirituel?

Le Lieu d'Attente du Ciel

Quel genre de place est donc ce Lieu d'Attente du ciel où demeurent ceux qui sont sauvés après qu'ils aient eu trois jours d'adaptation dans le Tombeau Supérieur?

Lorsque les gens voient une si belle scène, ils s'écrient «ceci est le Paradis sur terre», ou «c'est comme le Jardin d'Eden!» Le Jardin d'Eden ne peut cependant pas être comparé avec aucune beauté de ce monde. Les gens dans le Jardin d'Eden vivent des vies de rêve, tellement merveilleuses remplies de bonheur, de paix et de joie. Cela semble seulement bon pour les gens de cette terre.

Une fois que vous entrerez dans le ciel, vous allez abandonner cette notion.

Tout comme le Jardin d'Eden ne peut pas se comparer à cette terre, le ciel ne peut se comparer avec le Jardin d'Eden. Il y a une différence fondamentale entre le bonheur du Jardin d'Eden qui appartient au Second Ciel, et le bonheur dans le Lieu d'Attente du Paradis dans le Troisième Ciel. Cela est parce que les gens dans le Jardin d'Eden ne sont pas vraiment les véritables enfants de Dieu dont les cœurs ont été cultivés.

Laissez-moi vous donner un exemple pour vous aider à mieux comprendre cela. Avant qu'il n'y ait de l'électricité, les ancêtres coréens utilisaient des lampes à kérosène. Ces lampes étaient tellement sombres comparées aux lampes électriques que vous avez aujourd'hui, mais elles étaient tellement précieuses lorsqu'il n'y avait pas de lumière la nuit. Après que les gens aient développé et appris à utiliser l'électricité, nous avons eu des lampes électriques. Pour ceux qui étaient habitués à ne voir que des lampes à kérosène, les lampes électriques semblaient tellement étonnantes et ils étaient ébahis par leur éclat.

Si vous dites que cette terre est remplie de ténèbres totales, sans aucune lumière, vous pouvez dire que le Jardin d'Eden est l'endroit où ils ont des lampes à kérosène, et le ciel est un endroit avec des ampoules électriques. Tout comme les lampes à kérosène et les ampoules électriques sont complètement différentes malgré qu'elles produisent toutes deux de la lumière, le Lieu d'Attente du ciel est complètement différent du Jardin d'Eden.

Le Lieu d'Attente situé à la Bordure du Paradis

Le Lieu d'Attente du ciel est situé au bord du Paradis. Le

38

Paradis est l'endroit pour ceux qui ont le moins de foi, et aussi le plus éloigné du trône de Dieu. c'est un endroit très vaste.

Ceux qui attendent au bord du Paradis apprennent la connaissance spirituelle par les prophètes. Ils apprennent au sujet de Dieu la Trinité, le ciel, la loi du monde spirituel, etc. L'étendue d'une telle connaissance est sans limites et il n'y a pas de fin à l'apprentissage. L'apprentissage des choses spirituelles n'est cependant jamais ennuyeux ou difficile contrairement à certaines études sur cette terre. Plus vous apprenez, plus vous serez étonnés et illuminés, tout est donc plus gracieux.

Même sur cette terre, ceux qui ont des cœurs purs et doux peuvent communiquer avec Dieu et atteindre la connaissance spirituelle. Certaines de ces personnes voient le monde spirituel parce que leurs yeux spirituels sont ouverts. Certaines personnes peuvent aussi réaliser les choses spirituelles sous l'inspiration du Saint-Esprit. Ils peuvent apprendre concernant la foi ou les règles pour recevoir des réponses aux prières, afin que même dans ce monde physique, ils puissent expérimenter la puissance de Dieu qui appartient à l'esprit.

Si vous pouvez apprendre au sujet des choses spirituelles et expérimenter ces choses dans ce monde physique, vous deviendrez d'autant plus énergiques et heureux. Alors combien serez vous encore plus joyeux et heureux si vous pouviez apprendre les choses spirituelles en profondeur dans le Lieu d'Attente du ciel!

Entendant les Nouvelles de ce Monde

De quel genre de vie jouissent les gens dans le Lieu d'Attente du ciel? Ils expérimentent la véritable paix et attendent d'aller vers leurs maisons éternelles dans le ciel. Ils ne manquent de rien et jouissent du bonheur et du délice. Ils ne passent pas seulement le temps, mais continuent à apprendre de nombreuses choses des anges et des prophètes.

Parmi eux, il y a des leaders désignés, et ils vivent dans l'ordre. Il leur est interdit de descendre vers cette terre, et ils sont donc toujours curieux de savoir ce qui se passe ici. Ils ne sont pas curieux des choses terrestres, mais sont curieux des affaires du royaume des cieux, telles que «comment se comporte l'église où j'ai servi? Quelle part de sa tâche l'église a-t-elle accomplie? Comment se porte la mission mondiale?»

Ils sont donc très heureux lorsqu'ils entendent les nouvelles de ce monde par les anges qui peuvent descendre sur cette terre ou par les prophètes de la Nouvelle Jérusalem.

Dieu m'a un jour fait une révélation à propos de certains membres de mon église qui se trouvent maintenant dans le Lieu d'Attente du ciel. Ils prient à différents endroits et attendent de recevoir des nouvelles à propos de mon église. Ils sont particulièrement intéressés par la mission confiée à mon église qui est la mission mondiale et bâtir le Grand Sanctuaire. Ils sont très heureux lorsqu'ils entendent de bonnes nouvelles. Donc, lorsqu'ils apprennent des nouvelles de la glorification de Dieu au travers des croisades outremer, ils deviennent tellement excités et contents qu'ils font une fête.

De même, les gens dans le Lieu d'Attente du ciel passent des moments heureux et réjouissants, entendant parfois les nouvelles de cette terre.

Un Ordre strict dans le Lieu d'Attente du Ciel

Les gens de différents niveaux de foi, qui entreront dans différents endroits dans le ciel après le Jour du Jugement, se trouvent tous dans le Lieu d'Attente du ciel, mais les ordres sont conservés exactement. Les gens qui ont moins de foi montreront du respect à ceux qui ont une plus grande foi en baissant leur tête. Les positions spirituelles ne sont pas décidées en fonction des positions dans ce monde, mais selon la mesure de leur sanctification et fidélité dans les tâches qui leur sont confiées.

De cette manière, les positions sont conservées de manière stricte, parce que le Dieu de justice règne sur le ciel. Etant donné que la position est décidée en fonction de la brillance de la lumière, de l'étendue de la bonté et de l'amplitude de l'amour de chaque croyant, personne ne peut se plaindre. Au ciel, chacun obéit à l'ordre spirituel parce qu'il n'y a pas de mal dans les pensées des élus.

Cet ordre et ces différents types de gloire n'existent pas pour apporter une obéissance forcée. Cela provient seulement de l'amour et du respect de cœurs véritables et sincères. C'est pourquoi, dans le Lieu d'attente du ciel, ils respectent tous ceux qui sont au-dessus d'eux dans leur cœur, et montrent leur respect en baissant leurs têtes, parce qu'ils ressentent naturellement la différence spirituelle.

Les Gens qui ne Restent pas dans le Lieu d'Attente

Tous les gens qui entreront dans leurs lieux respectifs du ciel après le Jour du Jugement demeurent actuellement au bord du Paradis, le Lieu d'Attente du ciel. Il y a cependant quelques exceptions. Ceux qui doivent aller à la Nouvelle Jérusalem, le plus merveilleux endroit au ciel, entreront directement dans la Nouvelle Jérusalem et aideront au travail de Dieu. Ce genre de personnes qui possède le cœur de Dieu, qui est clair et beau comme le cristal, vivent dans l'amour et la protection particulière de Dieu.

Ils Aideront au Travail de Dieu dans la Nouvelle Jérusalem

Où se trouveraient maintenant nos ancêtres de la foi, sanctifiés et fidèles dans toute la maison de Dieu, tels que Elie, Hénoc, Abraham, Moïse et l'apôtre Paul? Sont-ils au bord du Paradis, le Lieu d'Attente du ciel? Non. Parce que ces gens sont totalement sanctifiés et ressemblent au cœur de Dieu entièrement, ils sont déjà dans la Nouvelle Jérusalem. Cependant, parce que le Jugement n'a pas encore eu lieu, ils ne peuvent pas encore entrer dans ce que seront leurs maisons respectives.

Alors où dans la Nouvelle Jérusalem demeurent-ils? Dans la Nouvelle Jérusalem qui a une largeur, longueur et hauteur de mille cinq cent miles, il y a un nombre de lieux spirituels de différentes dimensions. Il y a un endroit pour le Trône de Dieu, des endroits où des maisons sont construites, et d'autres endroits où nos ancêtres de la foi qui sont déjà entrés dans la Nouvelle Jérusalem travaillent avec le Seigneur.

Nos ancêtres de la foi qui demeurent déjà dans la Nouvelle Jérusalem attendent le jour où ils entreront dans leurs demeures éternelles, en aidant le Seigneur dans l'œuvre de Dieu pour la préparation de nos places. Ils aspirent beaucoup à entrer dans leurs maisons éternelles, parce qu'ils ne peuvent y entrer avant la Seconde Venue de Jésus-Christ dans l'air, le Banquet de Noces de sept ans, et le Millénium sur cette terre.

L'apôtre Paul, qui était plein d'espoir pour le ciel confesse la chose suivante dans 2 Timothée 4:7-8.

«J'ai combattu le bon combat, j'ai achevé la course, j'ai gardé la foi. Désormais la couronne de justice m'est réservée; le Seigneur, le juste juge, me le donnera dans ce jour-là, et non seulement à moi, mais encore à tous ceux qui auront aimé son avènement.»

Ceux qui ont combattu le bon combat et qui ont espéré le retour du Seigneur ont une espérance précise pour la place et les récompenses au ciel. Ce type de foi et d'espérance peut grandir si vous connaissez plus de choses sur le monde spirituel, et c'est pourquoi j'explique le ciel en détails.

Le Jardin d'Eden dans le Second Ciel ou le Lieu d'Attente dans le Troisième Ciel sont plus beaux que ce monde, mais même ces endroits ne peuvent pas être comparés à la gloire et la splendeur de la Nouvelle Jérusalem qui abrite le Trône de Dieu.

Pour cela, je prie au nom du Seigneur que non seulement vous allez courir vers la Nouvelle Jérusalem avec le type de foi et d'espérance de l'apôtre Paul, mais que vous conduirez également de nombreuses âmes sur le chemin du salut en partageant l'évangile même si cette tâche demande votre vie.

Chapitre 3

Le Banquet de Noces de Sept Ans

Heureux et saints ceux
qui ont part à la première résurrection
La seconde mort n'a pas de pouvoir sur eux
Mais ils seront sacrificateurs de Dieu et du Christ
Et ils régneront avec Lui pendant les mille ans.
- Apocalypse 20:6

Avant que vous ne receviez votre récompense et commenciez une vie éternelle au ciel, vous passerez par le Jugement du Trône Blanc. Avant le Jour du Grand Jugement, il y aura la Seconde Venue du Seigneur dans l'air, le Banquet de Noces de sept ans, le retour du Seigneur sur la terre, et le Millénium.

Tout ceci est ce que Dieu a préparé pour réconforter ses enfants bien-aimés qui ont gardé leur foi sur cette terre afin de leur permettre d'avoir un avant goût du ciel.

C'est pourquoi ceux qui croient dans la Seconde Venue du Seigneur et qui espèrent Le rencontrer, Lui qui est notre époux, vont aspirer au Banquet de Noces de Sept Ans et au Millénium. La Parole de Dieu mentionnée dans la Bible est véritable et toutes les prophéties sont en train de se réaliser de nos jours.

Vous devriez être un croyant sage et faire de votre mieux pour vous préparer en tant que Son épouse, en réalisant que si vous n'êtes pas éveillés et ne vivez pas selon la Parole de Dieu, le jour du Seigneur viendra comme un voleur et vous tomberez dans la mort.

Examinons en détail les choses merveilleuses que les enfants de Dieu vont expérimenter avant qu'ils n'entrent dans le ciel qui est clair et beau comme le cristal.

Le Retour de Jésus et le Banquet de Noces de Sept Ans

L'apôtre Paul écrit dans Romains 10:9, *«Si tu confesses de ta bouche le Seigneur Jésus, et si tu crois dans ton coeur que Dieu l'a ressuscité des morts, tu seras sauvé.»* Pour gagner le salut, vous ne devez pas seulement confesser le Seigneur Jésus comme votre Sauveur, mais aussi croire dans votre cœur qu'Il est mort et ressuscité des morts.

Si vous ne croyez pas en la résurrection de Jésus, vous ne pouvez pas croire en votre propre résurrection à venir lors de la Seconde Venue du Seigneur. Vous ne pourrez d'ailleurs même pas croire au retour même du Seigneur. Si vous ne pouvez pas croire à l'existence du ciel et de l'enfer, alors vous ne pouvez pas gagner la force de vivre selon la Parole de Dieu et vous ne gagnerez pas le salut.

Le But ultime de la Vie Chrétienne

Il est écrit dans 1 Corinthiens 15:19, *«Si c'est dans cette vie seulement que nous espérons en Christ, nous sommes les plus malheureux de tous les hommes.»* Les enfants de Dieu, contrairement aux incroyants de ce monde viennent à l'église, assistent aux cultes et servent le Seigneur de différentes manières chaque dimanche. De manière à vivre selon la Parole de Dieu, ils jeûnent souvent et prient avec instance au sanctuaire de Dieu tôt le matin ou tard le soir et cela même s'ils ont parfois besoin de repos.

De plus, ils ne recherchent pas leur propre profit, mais servent les autres et se sacrifient eux-mêmes pour le royaume de Dieu. C'est pourquoi, s'il n'y avait pas de ciel, les fidèles devraient être les plus malheureux. Il est cependant certain que le Seigneur reviendra pour vous prendre dans le ciel, et Il vous prépare une merveilleuse place. Il vous récompensera selon ce que vous aurez semé et fait dans ce monde.

Jésus dit dans Matthieu 16:27, *«Car le Fils de l'homme doit venir dans la gloire de son Père, avec ses anges; et alors il rendra à chacun selon ses oeuvres.»* Ici «rendre à chacun selon ses oeuvres» ne signifie pas uniquement aller soit au ciel, soit en enfer, mais la récompense et la gloire qui leur seront données seront différentes selon la manière dont ils auront vécu dans ce monde.

Certains ressentent une peur en entendant que le Seigneur revient bientôt. Cependant, si vous aimez vraiment le Seigneur et avez de l'espoir pour le ciel, il est normal que vous aspiriez et attendiez de voir plus tôt votre Seigneur. Si vous confessez de vos lèvres «je T'aime Seigneur, mais que vous n'appréciez pas et même que vous avez peur d'entendre que le Seigneur revient bientôt, on ne peut pas dire que vous aimez réellement le Seigneur.

Etant donné cela, vous devez recevoir le Seigneur, votre époux avec joie en aspirant dans votre coeur à Sa Seconde Venue tout en vous préparant en tant qu'épouse.

La Seconde Venue du Seigneur dans les Airs

Il est écrit dans 1 Thessaloniciens 4:16-17, *«Car le Seigneur lui-même, à un signal donné, à la voix d'un archange, et au son de la trompette de Dieu, descendra du ciel, et les morts en Christ ressusciteront premièrement. Ensuite, nous les vivants, qui seront restés, nous serons tous ensemble enlevés avec eux sur des nuées, à la rencontre du Seigneur dans les airs, et ainsi nous serons toujours avec le Seigneur.»*

Lorsque le Seigneur reviendra dans les airs, chaque enfant de Dieu va se transformer en un corps spirituel et sera enlevé dans les airs pour recevoir le Seigneur. Il y a certaines personnes qui ont été sauvées et qui sont mortes. Leurs corps sont enterrés, mais leurs esprits attendent au Paradis. Nous faisons référence à ces personnes comme étant «endormies dans le Seigneur». Leurs esprits vont rejoindre leurs corps spirituels qui ont été transformés au départ de leurs vieux corps ensevelis. Ils seront suivis par ceux qui ont reçu le Seigneur sans voir la mort, transformés en corps spirituels et enlevés dans les airs.

Dieu Donne un Banquet de Noces dans les Airs

Lorsque le Seigneur reviendra dans les airs, toute personne qui a été sauvée depuis le temps de la création recevra le Seigneur comme époux. A ce moment, Dieu commence le Banquet de Noces de Sept Ans pour réconforter Ses enfants qui ont été sauvés par la foi. Ils recevront certainement les récompenses au ciel pour leurs œuvres plus tard mais pour l'instant, Dieu donne toujours ce Banquet dans les airs pour réconforter Ses enfants.

Par exemple, si un général revient après un grand triomphe,

que fera le roi? Il donnera toutes sortes de récompenses au général pour les services rendus. Le roi peut lui donner une maison, des terres, une prime et aussi une fête pour le récompenser de ses services.

De la même manière, Dieu donne à ces enfants un endroit pour demeurer et des récompenses au ciel après le Jour du Grand Jugement, mais avant cela, Il donne aussi un Banquet de Noces pour que Ses enfants aient du bon temps et partagent leur joie. Malgré que les œuvres de chacun pour le royaume de Dieu dans ce monde soient différentes, Il donne le banquet uniquement pour le fait qu'ils ont été sauvés.

Alors, quels sont «les airs» dans lesquels le Banquet de Noces de Sept Ans doit avoir lieu? «Les airs» ne signifie pas ici le ciel visible avec les yeux nus. Si ces «airs» étaient simplement le ciel que vous voyez de vos yeux, tous ceux qui sont sauvés doivent voir le banquet flottant dans le ciel. De plus, il doit y avoir tellement de gens sauvés depuis la création que tous ne pourraient tenir dans le ciel de cette terre.

De plus, le banquet doit être très bien préparé dans les moindres détails, parce que c'est Dieu Lui-même qui y pourvoira pour réconforter Ses enfants. Il y a un endroit auquel Dieu a pourvu depuis longtemps. Cet endroit est «les airs» que Dieu a préparés pour le Banquet de Noces de Sept Ans et cet endroit se trouve dans le Second Ciel.

«Les Airs» appartiennent au Second Ciel

Ephésiens 2:2 parle des temps *«dans lesquels vous marchiez autrefois, selon le train de ce monde, selon le prince de la puissance de l'air, de l'esprit qui agit maintenant dans les fils de la rébellion.»* «Les airs» est donc aussi un endroit où les esprits impurs ont autorité.

Cependant, l'endroit où aura lieu le Banquet de Noces de Sept Ans et l'endroit où résident les esprits impurs ne sont pas les mêmes. La raison pour laquelle la même expression «les airs» est utilisée est que les deux se situent dans le Second Ciel. Le Second Ciel ne se compose cependant pas d'un seul endroit, mais il est divisé en diverses régions. L'emplacement du Banquet de Noces de Sept ans, et l'endroit où résident les esprits impurs sont donc séparés.

Dieu a créé un nouveau monde spirituel appelé le Second Ciel en prenant une portion de tout l'univers spirituel. Ensuite il le divisa en deux régions. La première est Eden qui est le domaine de la lumière appartenant à Dieu et l'autre est le domaine des ténèbres que Dieu a donné aux esprits impurs.

Dieu a créé à l'est d'Eden, le Jardin d'Eden, où Adam a demeuré jusqu'à ce que commence la culture humaine, et Il l'a placé dans ce Jardin. Dieu a aussi donné le domaine des ténèbres aux esprits impurs et leur a permis d'y demeurer. Ce domaine des ténèbres et Eden sont strictement séparés.

Emplacement du Banquet de Noces de Sept Ans

Mais alors, où se déroulera le Banquet de Noces de Sept Ans? Le Jardin d'Eden n'est qu'une partie d'Eden et il y a encore de nombreux autres endroits en Eden. Dans un de ces endroits, Dieu a planifié le Banquet de Noces de Sept ans.

L'emplacement du Banquet de Noces de Sept Ans est beaucoup plus beau que le Jardin d'Eden. Il y a des fleurs et des arbres tellement beaux. Des lumières de diverses couleurs brillent et scintillent et une nature d'une inexprimable beauté et pureté entoure l'endroit.

Il est également tellement vaste parce que tous ceux qui ont été sauvés depuis la création seront ensemble à ce banquet. Il y a là un très grand château, qui est suffisamment grand pour permettre à tous les invités du banquet d'entrer. Le banquet sera donné dans ce château et il y aura des moments inexplicablement heureux. Maintenant je souhaite vous inviter au château pour le Banquet de Noces de Sept ans. J'espère que vous pourrez ressentir le bonheur d'être l'épouse du Seigneur qui est l'hôte d'honneur du banquet.

Rencontrant le Seigneur dans un Endroit Vaste et Merveilleux

Lorsque vous arriverez dans le hall du banquet, vous trouverez une pièce resplendissante avec de vives lumières que vous n'avez jamais vues. Vous sentirez votre corps comme plus léger que des plumes. Lorsque vous atterrirez doucement sur l'herbe verte, vous serez capables de discerner avec vos yeux l'environnement qui n'était pas visible pour vos yeux à cause de la terrible clarté des lumières. Vous verrez un ciel et un lac aussi clairs et purs que le peuvent distinguer vos yeux. Ce lac resplendit comme des joyaux qui irradient leurs magnifiques couleurs chaque fois que l'eau bouge.

Les quatre coins sont remplis de fleurs et des bois verts entourent tout l'endroit. Des fleurs bougent d'avant en arrière comme si elles bougeaient vers vous et vous pouvez sentir des essences tellement lourdes, douces et belles que vous n'avez jamais senties auparavant. Aussitôt, des oiseaux multicolores viennent et vous accueillent par leurs chants. Dans le lac qui est tellement transparent que vous pouvez voir les choses en dessous de la surface, des poissons merveilleusement beaux sortent leur tête et vous accueillent.

Même l'herbe sur laquelle vous vous tenez est aussi douce que du coton. Le vent qui fait faiblement flotter vos vêtements vous caresse doucement. A cet instant, une forte lumière vient dans vos yeux et vous discernez une personne debout au milieu de cette lumière.

Le Seigneur vous Salue en disant «Mon Epouse, Je T'Aime»

Avec un tendre sourire sur Son visage, Il vous demande de venir vers Lui les bras grandement ouverts. Lorsque vous avancez vers Lui, Son visage devient clairement visible. Vous voyez Son visage pour la première fois, mais vous savez très bien qui Il est. C'est le Seigneur Jésus, votre époux que vous aimez et que vous désiriez voir depuis si longtemps. A ce moment, des larmes commencent à couler sur vos joues. Vous ne pouvez pas vous empêcher de verser des larmes parce que vous vous rappelez le temps où vous avez été cultivés sur cette terre.

Vous voyez maintenant face à face le Seigneur, par lequel vous avez pu dominer le monde même au travers des situations les plus difficiles, et lorsque vous avez traversé les nombreuses persécutions et épreuves. Le Seigneur vient vers vous et vous étreint sur Son sein, et Il vous dit «Mon épouse, J'ai attendu cet instant. Je t'aime.»

En entendant cela, vous versez encore plus de larmes. Alors le Seigneur essuie tendrement vos larmes et vous serre encore plus fort. Lorsque vous regardez Ses yeux, vous pouvez sentir Son cœur. «Je connais tout de toi. Je connais toutes tes larmes et tes douleurs. Il n'y aura plus que bonheur et joie.»

Depuis combien de temps attendiez vous cet instant? Lorsque

vous êtes dans Ses bras, vous avez la plus grande paix et joie et l'abondance enveloppe tout votre corps.

Maintenant, vous pouvez entendre un doux, profond et beau chant de louange. Alors le Seigneur tient votre main et vous conduit à l'endroit d'où vient la louange.

Le Hall du Banquet est Rempli de Lumières Multicolores

Un moment plus tard, vous voyez un merveilleux château resplendissant qui est tellement merveilleux et beau. Lorsque vous êtes en face de la porte du château, elle s'ouvre doucement et les lumières brillantes du château apparaissent. Lorsque vous entrez dans le château avec le Seigneur comme si vous étiez aspirés à l'intérieur par les lumières, il y a un hall tellement grand que vous ne pouvez pas en voir l'autre bout. Le hall est décoré avec de merveilleux ornements et objets et est rempli de lumières colorées et brillantes.

Le son de la louange devient plus clair maintenant, et il remplit doucement tout le hall. Finalement, le Seigneur annonce le début du Banquet de Noces d'une voix résonnante. Le Banquet de Noces de Sept Ans commence, et il semble que cet événement se produit dans votre rêve.

Ressentez vous le bonheur de ce moment? Bien sûr, chaque personne qui assiste à ce banquet ne peut être avec le Seigneur comme cela. Uniquement ceux qui ont les qualifications peuvent le suivre et être embrassées par Lui.

C'est pourquoi, vous devez vous préparer en tant qu'épouse et participer à la nature divine. Cependant, même si tous les gens ne peuvent tenir la main du Seigneur, ils ressentiront tous le même bonheur et la même plénitude.

Jouissant de Moments Heureux en Chantant et Dansant

Dès que le Banquet de Noces commence, vous chantez et dansez avec le Seigneur, célébrant le nom de Dieu le Père. Vous dansez avec le Seigneur, parlez des temps sur cette terre ou du ciel dans lequel vous allez vivre.

Vous parlez également de l'amour de Dieu le Père et vous Le glorifiez. Vous pouvez avoir de merveilleuses conversations avec les gens que vous avez souhaité voir depuis longtemps.

Pendant que vous jouissez du fruit qui fond dans votre bouche, et que vous buvez de l'Eau de la Vie qui coule du Trône du Père, le banquet continue lentement. Vous ne devez cependant pas rester dans le château pendant toute la durée des sept ans. De temps en temps, vous sortez du château et passez de joyeux moments.

Alors quels seront quelques activités et événements qui vous attendent en dehors du château? Vous pouvez prendre du temps pour jouir de la merveilleuse nature en vous faisant des amis avec les bois, les arbres, les fleurs et les oiseaux. Vous pouvez vous promener avec vos bien-aimés sur des routes décorées avec de si merveilleuses fleurs, leur parler, et parfois louer le Seigneur en chantant et en dansant. Il y a aussi de nombreuses choses que vous pouvez faire dans de larges espaces libres. Par exemple, les gens peuvent faire du bateau sur le lac avec des bien-aimés ou le Seigneur Lui-même. Vous pouvez nager ou vous réjouir de toutes sortes de divertissements et de jeux. De nombreuses choses qui vous donnent une joie et un plaisir inimaginables sont pourvues par l'attention et l'amour de Dieu.

Pendant les sept années du Banquet de Noces, aucune lumière n'est éteinte. Bien sûr, l'Eden est un endroit de lumière et il n'y a pas de nuit là-bas. En Eden, vous ne devez pas aller dormir ou prendre du repos comme vous le faites sur cette terre. Peu importe pendant combien de temps vous vous réjouissez, vous ne vous fatiguez jamais et au contraire, vous devenez encore plus heureux et ravis.

C'est pourquoi vous ne sentez pas le temps qui passe et les sept années passent comme sept jours ou même sept heures. Même s'il y a vos parents ou enfants ou proches qui n'ont pas été enlevés et qui souffrent de la Grande Tribulation, le temps passe tellement vite avec joie et bonheur que vous ne pouvez même pas penser à eux.

Donner plus de Reconnaissance pour le Fait d'Etre Sauvé

Les gens du Jardin d'Eden et les hôtes du Banquet de Noces peuvent se voir, mais ils ne peuvent pas aller et venir. Les esprits impurs peuvent aussi voir le Banquet de Noces et vous pouvez les voir aussi. Bien sûr, les méchants ne peuvent même pas espérer s'approcher de l'endroit du banquet, mais vous pouvez quand même les voir. En voyant le banquet et le bonheur des invités, les esprits impurs souffrent d'une grande douleur. Pour eux, le fait de n'avoir pas été capables d'amener une personne de plus en enfer et de donner des gens à Dieu en tant que Ses enfants est pour eux une douleur insupportable.

Contrairement, en regardant les esprits impurs, vous vous rappelez combien ils ont essayé de vous dévorer comme un lion rugissant, pendant que vous étiez cultivés sur cette terre.

Alors vous devenez encore plus reconnaissants pour la grâce de Dieu le Père, le Seigneur et le Saint-Esprit qui vous a protégé de la puissance des ténèbres et vous a conduit à devenir un enfant de Dieu. Vous devenez aussi plus reconnaissant pour ceux qui vous ont aidé à aller sur le chemin de la vie.

Les Sept années du Banquet de Noces ne sont donc pas seulement un temps de repos et de réconfort pour la douleur d'avoir été cultivé sur cette terre, mais aussi un temps de vous souvenir des temps sur cette terre et d'être plus reconnaissant pour l'amour de Dieu.

Vous pensez aussi à la vie éternelle au ciel qui sera beaucoup plus réjouissante que le Banquet de Noces de Sept ans. Le bonheur au ciel ne peut être comparé au Banquet de Noces de Sept ans.

La Grande Tribulation de Sept Ans

Pendant que le banquet de noces heureux se tient dans l'air, la Grande Tribulation de Sept Ans se produit sur cette terre. Selon le type et l'ampleur de la Grande Tribulation qui n'a jamais été et ne sera jamais plus, la plus grande partie de cette terre est détruite et la majorité des gens qui sont restés meurent.

Bien sûr, certains d'entre eux sont sauvés parce qu'on appelle le « salut arraché ». Il y en a beaucoup qui resteront après la Seconde Venue du Seigneur, parce qu'ils ne croyaient pas du tout ou ne croyaient pas véritablement. Cependant, lorsqu'ils se repentent pendant la Grande Tribulation de Sept Ans et deviennent des martyrs, ils peuvent être sauvés. Cela est appelé le « salut arraché ».

Devenir un martyr pendant la Grande Tribulation de Sept Ans n'est cependant pas facile. Même s'ils décident de devenir un martyr au début, beaucoup finissent en reniant le Seigneur à cause des cruelles tortures et des persécutions données par l'antéchrist qui les force à recevoir la marque « 666 ».

Ils refusent généralement catégoriquement de recevoir la marque, parce qu'une fois qu'ils l'ont reçue, ils savent qu'ils appartiennent à Satan. Il est cependant tout sauf facile de supporter les tortures accompagnées d'extrêmes douleurs.

Parfois même si quelqu'un parvient à surmonter les tortures, il est même encore plus difficile de voir les membres bien-aimés de sa propre famille être torturés. C'est pourquoi il est très dur d'être sauvé par ce «salut arraché». De plus, parce que les gens ne peuvent espérer aucun secours de la part du Saint-Esprit pendant ce temps, il est même encore plus difficile de maintenir la foi.

Pour cela, j'espère qu'aucun lecteur de ce livre ne connaîtra la Grande Tribulation de Sept ans. La raison, pour laquelle j'explique la Grande Tribulation est afin de vous faire connaître que les événements relatés dans la Bible concernant la fin des temps sont en voie d'accomplissement ou s'accompliront avec précision.

Une autre raison concerne ceux qui seront laissés sur cette terre après que les enfants de Dieu aient été enlevés dans l'air. Pendant que les vrais croyants vont dans l'air et tiennent le Banquet de Noces de Sept ans, les misérables Sept années de la Grande Tribulation auront lieu sur la terre.

Les Martyrs gagnent un «Salut Arraché»

Après le retour du Seigneur dans l'air, il y en aura certains qui se repentiront de leur mauvaise foi en Jésus-Christ parmi les gens qui n'auront pas été enlevés dans l'air.

Ce qui les conduit vers un «salut arraché» est la Parole de Dieu prêchée par l'église qui démontre grandement les œuvres de la puissance de Dieu à la fin des temps. Ils apprennent comment être sauvés, quel genre d'événements va arriver, et comment ils doivent réagir par rapport aux événements prophétisés au travers de la Parole de Dieu.

Il y a donc certaines personnes qui se repentent réellement devant Dieu et sont sauvées en devenant des martyrs. C'est appelé le «salut arraché». Bien sûr, parmi ces gens il y a des israélites. Ils entendront parler du «Message de la Croix» et réaliseront que Jésus qu'ils n'ont pas reconnu comme le Messie, est vraiment le Fils de Dieu et le Sauveur de toute l'humanité. Alors, ils se repentiront et feront partie du «salut arraché». Ils se réuniront pour faire grandir leur foi ensemble, et certains d'entre eux deviendront conscients du cœur de Dieu et deviendront des martyrs pour être sauvés.

De cette manière, les écrits qui expliquent la Parole de Dieu clairement ne sont pas seulement une aide pour augmenter la foi de nombreux croyants, mais ils jouent également un rôle important pour ceux qui ne sont pas enlevés dans l'air. Pour cela, vous devez réaliser l'amour merveilleux et la miséricorde de Dieu, qui a pourvu à tout pour ceux qui seront sauvés même après la Seconde Venue de Jésus dans les airs.

Le Millénium

Les épouses qui ont terminé le Banquet de Noces de Sept Ans descendront sur cette terre et régneront avec le Seigneur pendant mille ans (Apocalypse 20:4). Lorsque le Seigneur revient sur la terre, Il va la nettoyer. Il purifiera d'abord l'air et ensuite rendra toute la nature belle.

Visitant la Nouvelle Terre Nettoyée

Tout comme un couple de jeunes mariés part en voyage de noces, vous partirez en excursion avec le Seigneur votre époux pendant le Millénium, après le Banquet de Noces de Sept ans. Que souhaiterez-vous donc visiter le plus?

Les enfants de Dieu, les épouses du Seigneur, voudront visiter la terre ici et là puisqu'ils ont dû la quitter rapidement. Dieu va bouger toutes choses dans le Premier Ciel, telles que la terre sur laquelle a eu lieu la culture humaine, le soleil et la lune vers un autre endroit après le Millénium.

C'est pourquoi, après le Banquet de Noces de Sept ans, Dieu le Père va rééquiper la terre merveilleusement et vous la laissera diriger pendant mille ans avec le Seigneur avant qu'il ne la bouge à nouveau. Ceci est un processus préplanifié par la providence de Dieu, qu'Il a créé toutes choses dans le ciel et sur la terre pendant six jours, et qu'Il se reposa le septième jour. C'est aussi afin que vous ne vous sentiez pas tristes de quitter la terre en vous laissant régner pendant mille ans avec le Seigneur. Vous allez vous réjouir de ce temps de délices en régnant pendant mille ans sur cette belle terre restaurée. En visitant tous les endroits que vous n'aviez pas vus pendant le temps où vous viviez sur cette terre, vous pouvez ressentir de la joie et du bonheur que vous n'aviez jamais ressenti auparavant.

Régnant Mille Ans

Pendant ce temps, il n'y a pas d'ennemi Satan et le diable. Tout comme la vie dans le Jardin d'Eden, il n'y aura que la paix et le repos dans un environnement tellement confortable. Tous ceux qui sont sauvés et le Seigneur resteront ainsi sur cette terre, mais ils ne vivront pas avec les gens charnels qui ont survécu à la Grande Tribulation. Les gens sauvés et le Seigneur vivront dans un endroit séparé comme un château ou un palais royal. En d'autres termes, les gens spirituels vivront dans le château, et les gens charnels à l'extérieur du château, parce que les corps spirituels et charnels ne peuvent pas demeurer ensemble dans un même endroit.

Les gens spirituels auront déjà été transformés en corps spirituels et posséderont la vie éternelle. Ils peuvent donc vivre en respirant des arômes de fleurs, mais parfois ils peuvent aussi manger avec les gens charnels lorsqu'ils sont ensemble. Cependant, même s'ils mangent, ils ne produisent pas des excréments comme les gens charnels. Même s'ils mangent de la nourriture physique, ils la dissolvent dans l'air par la respiration.

Les gens charnels vont se consacrer à augmenter leur nombre, parce qu'il n'y a pas beaucoup de survivants à la Grande Tribulation de Sept ans. En ce temps-là, il n'y aura pas de maladies ni de mal parce que l'air est pur et que l'ennemi Satan et le diable ne seront pas là. Parce que l'ennemi Satan et le diable qui contrôlent le mal sont emprisonnés dans le trou sans fond, l'Abîme, l'injustice et le mal de la nature humaine n'exerceront aucune influence (Apocalypse 20:3). Egalement, puisqu'il n'y a pas de mort, la terre sera remplie à nouveau par un peuple nombreux.

Alors, que mangera le peuple charnel? Lorsque Adam et Eve habitaient dans le Jardin d'Eden, ils ne mangeaient que des fruits et des plantes qui portent des semences (Genèse 1:29). Après qu'Adam et Eve aient désobéi à Dieu, et furent chassés du Jardin d'Eden, ils commencèrent à manger les plantes des champs (Genèse 3:18). Après le déluge de Noé, le monde devint plus mauvais et Dieu permit à l'humanité de manger de la viande. Vous voyez que plus mauvais le monde devenait, plus mauvaise devenait la nourriture que les gens mangeaient.

Pendant le Millénium, les gens mangeront des récoltes des

champs ou des fruits des arbres. Ils ne mangeront pas de viande tout comme les gens avant le déluge de Noé, parce qu'il n'y aura ni mal, ni tuerie. En outre, parce que toutes les civilisations auront été détruites par les guerres pendant la Grande Tribulation, ils retourneront à la manière de vivre primitive et croîtront en nombre sur la terre que le Seigneur aura restaurée. Ils recommenceront tout dans une nature vierge, qui n'est pas polluée, pacifique et belle.

De plus, malgré qu'ils aient expérimenté une civilisation tellement développée avant la Grande Tribulation et qu'ils aient la connaissance, un retour à la civilisation moderne d'aujourd'hui ne sera pas possible avant cent ou deux cents ans. Cependant, tandis que le temps passera et que les gens uniront leur sagesse, ils seront capables d'arriver à une civilisation du niveau d'aujourd'hui vers la fin du Millénium.

Le Ciel comme Récompense après le Jour du Jugement

Après le Millénium, Dieu libérera pour un peu de temps l'ennemi Satan et le diable qui auront été emprisonnés dans l'Abîme, le trou sans fond (Apocalypse 20:1-3). Malgré que le Seigneur Lui-même règne sur la terre pour conduire les gens charnels qui ont survécu à la Grande Tribulation et leurs descendants vers le salut éternel, leur foi n'est pas véritable. C'est pourquoi, Dieu laisse l'ennemi Satan et le diable les tenter.

Beaucoup de gens charnels seront trompés par l'ennemi diable et iront sur le chemin de la destruction (Apocalypse 20:8). Alors, le peuple de Dieu réalisera de nouveau pourquoi Dieu a du créer l'enfer et le véritable amour de Dieu qui veut gagner des enfants véritables au travers de la culture humaine.

Les esprits impurs qui sont libérés pour un court temps seront à nouveau mis dans le puits sans fond, et le Jugement du Grand Trône Blanc aura lieu (Apocalypse 20:12). Alors, comment se fera le Jugement du Grand Trône Blanc?

Dieu Préside le Jugement du Grand Trône Blanc

En juillet 1982, pendant que je priais pour l'ouverture d'une église, j'ai pu recevoir une révélation sur le Grand Jugement du Trône Blanc dans le détail. Dieu m'a révélé une scène dans laquelle Dieu juge tout le monde. Devant le Trône de Dieu se trouvaient le Seigneur et Moïse, et autour du Trône il y avait des gens qui avaient le rôle de jury.

Contrairement aux juges dans ce monde, Dieu est parfait et ne commet pas d'erreurs. Il juge cependant ensemble avec le Seigneur qui sert comme avocat d'amour, Moïse comme le procureur de la loi, et les autres en tant que membres du jury. Apocalypse 20:11-15 décrit exactement comment Dieu va juger.

«Puis je vis un grand trône blanc, et celui qui était assis dessus. La terre et le ciel s'enfuirent devant sa face, et il ne fut plus trouvé de place pour eux. Et je vis les morts, les grands et les petits, qui se tenaient devant le trône. Des livres furent ouverts. Et un autre livre fut ouvert, celui qui est le livre de vie. Et les morts furent jugés selon leurs oeuvres, d'après ce qui était écrit dans ces livres. La mer rendit les morts qui étaient en elle, la mort et le séjour des morts rendirent les morts qui étaient en eux; et chacun fut jugé selon ses oeuvres. Et la mort et le séjour des morts furent jetés dans l'étang

de feu. C'est la seconde mort, l'étang de feu. Quiconque ne fut pas trouvé écrit dans le livre de vie fut jeté dans l'étang de feu.»

«Le Grand Trône Blanc» se réfère ici au Trône de Dieu qui est le juge. Dieu assis sur le Trône qui est tellement éclatant qu'il paraît «blanc», accomplira le jugement final avec amour et justice afin de jeter la paille et non le blé en enfer.

C'est pourquoi, c'est parfois appelé le Grand Jugement du Trône Blanc. Dieu jugera exactement selon le «livre de Vie» qui reprend les noms de ceux qui sont sauvés et des autres livres qui reprennent les œuvres de chaque personne.

Les Non Sauvés Tomberont en Enfer

Devant le Trône de Dieu, il n'y a pas uniquement le Livre de Vie, mais aussi d'autres livres qui relatent toutes les œuvres de chaque personne qui n'ont pas accepté le Seigneur ou qui n'avaient pas une foi véritable (Apocalypse 20:12).

Depuis le moment où les gens sont nés jusqu'au moment où le Seigneur a rappelé leur esprit, chaque acte est enregistré dans ces livres. Par exemple, accomplir de bonnes œuvres, jurer à quelqu'un, frapper quelqu'un ou se fâcher avec les gens, tout cela est enregistré par les mains des anges.

Tout comme vous pouvez enregistrer et conserver certaines conversations ou événements pour un temps long au travers de la vidéo ou des enregistrements audio, les anges écrivent et enregistrent toutes les situations dans les livres au ciel sur ordre du Dieu tout-puissant. C'est pourquoi, le Grand Jugement du Trône Blanc aura lieu de manière exacte, sans aucune erreur. Comment donc le Jugement sera-t-il réalisé?

Les gens non sauvés seront jugés d'abord. Ces gens ne peuvent paraître devant Dieu pour être jugés parce qu'ils sont pécheurs. Ils seront seulement jugés dans le Tombeau Inférieur, le Lieu d'Attente de l'enfer. Malgré qu'ils ne paraissent pas devant Dieu, le jugement se fera de la manière la plus stricte comme s'il avait lieu devant Dieu Lui-même.

Parmi les pécheurs, Dieu jugera d'abord ceux dont les péchés étaient les plus graves. Après le jugement de tous ceux qui ne sont pas sauvés, ils entreront tous ensemble soit dans l'étang de feu, soit dans l'étang de soufre brûlant et seront punis pour l'éternité.

Les Sauvés reçoivent des Récompenses dans le Ciel

Après que le jugement de ceux qui ne sont pas sauvés s'est terminé de cette manière, suivra le jugement des récompenses de ceux qui sont sauvés. Comme cela est promis dans Apocalypse 22:12, *«Voici Je reviens bientôt, et mes rétributions sont avec Moi pour donner à chacun selon ses œuvres»,* les demeures et les récompenses au ciel seront déterminées en fonction de cela.

Le jugement pour les récompenses aura lieu dans la paix devant le Trône de Dieu parce qu'il est destiné aux enfants de Dieu. Le jugement des récompenses commence par ceux qui ont le plus et les plus grandes récompenses jusqu'à ceux qui en ont le moins, et ensuite, les enfants de Dieu entreront dans leurs demeures respectives.

«Il n'y aura plus de nuit; et ils n'auront besoin ni de lampe ni de lumière, parce que le Seigneur Dieu les éclairera. Et ils régneront aux siècles des siècles» *(Apocalypse 22:5).*

Malgré de nombreuses difficultés et tribulations dans ce monde, combien il est heureux d'avoir une espérance pour le ciel! Là, vous vivez éternellement avec le Seigneur avec uniquement le bonheur et la réjouissance, mais sans larmes, regrets, douleur, maladie ou mort.

J'ai décrit uniquement un peu du Banquet de Noces de Sept Ans et du Millénium pendant lequel vous régnerez avec le Seigneur. Si ces temps – uniquement un prélude à la vie au ciel – sont si heureux, combien plus heureux encore et plus joyeux sera la vie au ciel? C'est pourquoi vous devez courir vers votre place et récompenses préparées pour vous au ciel jusqu'au moment où le Seigneur reviendra pour vous prendre.

Pourquoi nos ancêtres de la foi ont-ils essayé aussi fort et ont-ils souffert tellement pour accomplir le chemin étroit du Seigneur, plutôt que le chemin facile de ce monde? Ils ont prié et jeûné de nombreuses nuits pour se débarrasser de leurs péchés et se consacrer entièrement parce qu'ils avaient l'espérance du ciel. Parce qu'ils croyaient en Dieu qui les récompensera dans le ciel selon leurs œuvres, ils ont essayé de manière tellement vigoureuse de devenir saints et d'être fidèles dans toute la maison de Dieu.

Pour cela, je prie au nom du Seigneur que non seulement vous participerez au Banquet de Noces de Sept Ans et que vous serez dans les bras du Seigneur, mais aussi que vous demeurerez près du Trône de Dieu au ciel en faisant de votre mieux avec une espérance fervente pour le ciel.

Chapitre 4

Les Secrets du Ciel Cachés
depuis la Création

Jésus leur répondit:
Parce qu'il vous a été donné de connaître
les mystères du royaume des cieux,
et que cela ne leur a pas été donné.
Car on donnera à celui qui a,
et il sera dans l'abondance,
mais à celui qui n'a pas
on ôtera même ce qu'il a.
...
Jésus dit à la foule toutes ces choses en paraboles,
et il ne lui parlait point sans parabole,
afin que s'accomplît
ce qui avait été annoncé par le prophète:
J'ouvrirai ma bouche en paraboles,
Je publierai des choses cachées
depuis la création du monde.

- Matthieu 13:11-35

Un jour, quand Jésus était assis au bord de la mer, beaucoup de gens s'étaient réunis. Jésus leur dit beaucoup de choses en paraboles. Les disciples de Jésus Lui demandèrent à ce moment.

«Pourquoi leur parles-tu en paraboles?»

«Parce qu'il vous a été donné de connaître les mystères du royaume des cieux, et que cela ne leur a pas été donné. Car on donnera à celui qui a, et il sera dans l'abondance, mais à celui qui n'a pas on ôtera même ce qu'il a. ... Mais heureux sont vos yeux, parce qu'ils voient, et vos oreilles, parce qu'elles entendent! Je vous le dis en vérité, beaucoup de prophètes et de justes ont désiré voir ce que vous voyez, et ne l'ont pas vu, entendre ce que vous entendez, et ne l'ont pas entendu.» (Matthieu 13:10-17)

Comme Jésus le disait, beaucoup de prophètes et de justes ne pouvaient voir et entendre les secrets du royaume des cieux malgré qu'ils auraient voulu les voir et les entendre.

Cependant, parce que Jésus, qui est Dieu Lui-même dans sa nature, est descendu sur cette terre (Philippiens 2:6-8), il a été permis que les secrets des cieux soient révélés à Ses disciples.

Comme il est écrit dans Matthieu 13:35 *«Afin que s'accomplît ce qui avait été annoncé par le prophète: J'ouvrirai ma bouche en paraboles, Je publierai des choses cachées depuis la création du monde.»* Jésus a parlé en paraboles pour accomplir ce qui a été écrit dans les écritures.

Les Secrets du Ciel Révélés depuis Jésus

«Le Chemin de la Croix» qui est le chemin pour avoir de véritables enfants de Dieu, était planifié même avant la création, mais avait été caché en secret (1 Corinthiens 2:7). S'il n'avait pas été caché, l'ennemi Satan et le diable n'auraient pas crucifié Jésus et le chemin pour le salut de l'humanité n'aurait pas été ouvert.

De la même manière, si les secrets du ciel n'avaient pas été cachés depuis les temps de la création, la culture humaine, pour former de véritables enfants de Dieu n'aurait pas eu lieu. Cependant, après que Jésus soit venu sur cette terre et ait commencé Son Ministère, Il a permis que les secrets du royaume soient connus, parce qu'Il voulait que les gens portent des fruits abondants en les comprenant.

Jésus Révèle les Secrets du Ciel au travers des Paraboles

Dans Matthieu 13, il y a de nombreuses paraboles au sujet du ciel. C'est parce que sans paraboles, vous ne pouvez pas comprendre ni réaliser les secrets du ciel, même si vous lisez la Bible à plusieurs reprises.

«Le royaume des cieux est semblable à un homme qui a semé une bonne semence dans son champ.»

«Le royaume des cieux est semblable à un grain de sénevé qu'un homme a pris et semé dans son champ. C'est la plus petite de toutes les semences; mais, quand il a poussé, il est plus grand que les légumes et devient un arbre, de sorte que les oiseaux du ciel viennent habiter dans ses branches.»

«Le royaume des cieux est semblable à du levain qu'une femme a pris et mis dans trois mesures de farine, jusqu'à ce que la pâte soit toute levée.»

«Le royaume des cieux est encore semblable à un trésor caché dans un champ. L'homme qui l'a trouvé le cache; et, dans sa joie, il va vendre tout ce qu'il a, et achète ce champ.»

«Le royaume des cieux est encore semblable à un marchand qui cherche de belles perles.»

«Le royaume des cieux est encore semblable à un filet jeté dans la mer et ramassant des poissons de toute espèce.»

De la même manière, Jésus a prêché au sujet du ciel, qui est dans le monde spirituel, au travers de nombreuses paraboles. Parce que le ciel est dans le monde spirituel invisible, vous ne pouvez le saisir qu'au moyen de paraboles.

Afin d'avoir la vie éternelle au ciel, vous devez vivre une bonne vie de foi en sachant comment posséder le ciel, quel genre de gens entreront là-bas, et quand cela sera accompli.

Quel est le but ultime d'aller à l'église et de vivre une vie de foi? C'est d'être sauvé et d'aller au ciel. Si cependant, vous ne pouvez aller au ciel, malgré que vous ayez été à l'église pendant une longue période, combien malheureux serez-vous?

Même au temps de Jésus, beaucoup de gens ont obéi à la loi et confessé leur foi en Dieu, mais n'étaient pas qualifiés pour être sauvés et aller au ciel. Dans Matthieu 3, Jean Baptiste proclame pour cette raison, *«Repentez-vous, car le royaume des cieux est proche!»*, et il a préparé les sentiers du Seigneur. Il a aussi dit aux gens que Jésus était le Sauveur et le Seigneur du Grand Jugement, en disant, *«Moi, je vous baptise d'eau, pour vous amener à la repentance; mais celui qui vient après moi est plus puissant que moi, et je ne suis pas digne de porter ses souliers. Lui, il vous baptisera du Saint-Esprit et de feu. Il a son van à la main; il nettoiera son aire, et il amassera son blé dans le grenier, mais il brûlera la paille dans un feu qui ne s'éteint point.»* Malgré cela, les israélites de Son époque ont non seulement échoué de Le reconnaître comme leur Sauveur, mais ils l'ont aussi crucifié. Combien il est triste qu'ils attendent encore le Messie même aujourd'hui!

Les Secrets du Ciel révélés à l'Apôtre Paul

Malgré que l'apôtre Paul ne fût pas un des douze disciples originaux de Jésus, il n'était derrière personne pour témoigner au sujet de Jésus-Christ. Avant que Paul ne rencontre le Seigneur, il avait été un Pharisien qui avait strictement suivi la loi et la tradition des anciens, et un juif qui avait la citoyenneté romaine depuis la naissance, qui prit part à la persécution des premiers chrétiens.

Cependant, après avoir rencontré le Seigneur sur le chemin de Damas, Paul changea d'avis et conduisit tant de gens sur le chemin du salut en se concentrant sur l'évangélisation des païens.

Dieu savait que Paul souffrirait de tant de douleurs et de persécutions en prêchant l'évangile. C'est pourquoi Il a révélé à Paul les merveilleux secrets du ciel afin qu'il puisse courir vers le but (Philippiens 3:12-14). Dieu lui a permis de prêcher l'évangile avec la plus grande joie avec l'espérance du ciel.

Si vous lisez les Epîtres de Paul, vous remarquerez qu'il a écrit sous l'inspiration entière du Saint-Esprit concernant le retour du Seigneur, l'enlèvement des croyants dans l'air, leur lieu de repos au ciel, la gloire du ciel, les éternelles récompenses et couronnes. Melchisédek le sacrificateur éternel et Jésus-Christ.

Dans 2 Corinthiens 12, Paul partage son expérience spirituelle avec l'église de Corinthe qu'il avait fondée et qui ne vivait pas selon la Parole de Dieu.

> *«Il faut se glorifier... Cela n'est pas bon. J'en viendrai néanmoins à des visions et à des révélations du Seigneur. Je connais un homme en Christ, qui fut, il y a quatorze ans, ravi jusqu'au troisième ciel (si ce fut dans son corps je ne sais, si ce fut hors de son corps je ne sais, Dieu le sait). Et je sais que cet homme (si ce fut dans son corps ou sans son corps je ne sais, Dieu le sait) fut enlevé dans le paradis, et qu'il entendit des paroles ineffables qu'il n'est pas permis à un homme d'exprimer.» (V 1-4)*

Dieu a choisi l'apôtre Paul pour l'évangélisation des païens, l'a raffiné dans le feu, et lui a donné des visions et des révélations. Dieu lui a permis de surmonter toutes les épreuves avec amour, foi et espérance pour le ciel. Par exemple, Paul confesse qu'il a été conduit au Paradis au Troisième Ciel, et qu'il a entendu au sujet des secrets du ciel quatorze années auparavant, mais elles étaient tellement merveilleuses qu'il n'est pas permis à un homme de les exprimer.

Un apôtre est une personne appelée par Dieu et qui obéit complètement à Sa volonté. Il y avait néanmoins, parmi les membres de l'église de Corinthe des membres qui étaient trompés par de faux docteurs et qui avaient jugé l'apôtre Paul.

A ce moment, Paul a énuméré toutes les épreuves qu'il avait traversées pour le Seigneur et a partagé son expérience spirituelle afin de conduire les corinthiens à devenir de merveilleuses épouses du Seigneur, agissant selon la Parole de Dieu. Ce n'était pas pour faire valoir ses expériences spirituelles, mais uniquement pour bâtir et fortifier l'église de Christ en défendant et confirmant son apostolat.

Ce que vous devez réaliser ici est que les visions et les révélations du Seigneur ne peuvent être données qu'à ceux qui sont propres aux yeux de Dieu. Cependant, contrairement aux membres de l'église de Corinthe qui étaient trompés par de faux docteurs et avaient jugé Paul, vous ne devez pas juger une personne qui travaille à l'expansion du royaume de Dieu, qui sauve de nombreuses personnes et qui est reconnu par Dieu.

Les Secrets du Ciel montrés à l'Apôtre Jean

L'apôtre Jean était l'un des douze disciples et était beaucoup aimé par Jésus. Jésus ne l'avait pas seulement appelé «disciple», mais l'avait aussi nourri spirituellement afin qu'il puisse servir son maître de près. Il avait un caractère tellement bouillant qu'il était appelé «fils du tonnerre», mais il devint un apôtre d'amour après avoir été transformé par la puissance de Dieu. Jean a suivi Jésus, cherchant la gloire du ciel. Il fut aussi le seul disciple qui a entendu les sept paroles que Jésus a prononcées à la croix. Il a été fidèle dans sa tâche en tant qu'apôtre et est devenu un grand homme dans le ciel.

Suite aux sévères persécutions de la chrétienté par l'Empire Romain, Jean a été jeté dans l'huile bouillante, mais n'a pas été mis à mort et a été exilé à l'île de Patmos. Là, il a communiqué avec Dieu dans la profondeur et a écrit le livre de l'Apocalypse qui est rempli de secrets du ciel.

Jean a écrit tant de choses spirituelles, telles que le Trône de Dieu et de l'Agneau, la louange céleste, les quatre êtres vivants autour du Trône de Dieu, les Sept Ans de la Grande Tribulation et le rôle des anges, le Banquet de Noces de l'Agneau et le Millénium, le Grand Jugement du Trône Blanc, l'enfer, la Nouvelle Jérusalem dans le ciel, et le puits sans fond, l'Abîme.

C'est pourquoi, l'apôtre Jean dit dans Apocalypse 1:1-3 que le livre est écrit selon les révélations et les visions du Seigneur, et il a tout écrit parce que ce qui est écrit se produira bientôt.

«Révélation de Jésus-Christ, que Dieu lui a donnée pour montrer à ses serviteurs les choses qui doivent arriver bientôt, et qu'il a fait connaître, par l'envoi de son ange, à son serviteur Jean, lequel a attesté la parole de Dieu et le témoignage de Jésus-Christ, tout ce qu'il a vu. Heureux celui qui lit et ceux qui entendent les paroles de la prophétie, et qui gardent les choses qui y sont écrites! Car le temps est proche.»

La phrase «le temps est proche» implique que le temps du retour de Jésus est proche. Pour cela il est très important d'avoir les qualifications pour entrer dans le ciel en étant sauvé avec la foi.

Même si vous allez à l'église chaque semaine, vous ne pouvez pas être sauvés à moins que vous ayez la foi avec les œuvres. Jésus vous dit *«Ceux qui me disent: Seigneur, Seigneur! N'entreront pas tous dans le royaume des cieux, mais celui-là seul qui fait la volonté de mon Père qui est dans les cieux»* (Matthieu 7:21). Donc, si vous n'agissez pas en conformité avec la Parole de Dieu, il est clair que vous ne pouvez pas entrer dans le ciel.

Pour cela, l'apôtre Jean explique les événements et les prophéties qui auront lieu et qui seront accomplies bientôt, dans les détails, à partir d'Apocalypse 4, et il conclut en disant que le Seigneur revient et que vous devez laver votre robe.

«Voici, je viens bientôt, et ma rétribution est avec moi, pour rendre à chacun selon ce qu'est son oeuvre. Je suis l'alpha et l'oméga, le premier et le dernier, le commencement et la fin. Heureux ceux qui lavent leurs robes, afin d'avoir droit à l'arbre de vie, et d'entrer par les portes dans la ville!» (Apocalypse 22:12-14)

Spirituellement, une robe représente un cœur et ses œuvres. Laver la robe se réfère à la repentance des péchés et le fait d'essayer de vivre selon la Parole de Dieu.

Donc, selon la mesure où vous vivez en accord avec la Parole de Dieu, vous passerez les portes jusqu'à ce que vous entriez dans ce que le ciel a de plus beau, la Nouvelle Jérusalem.

Dans le livre *«La Mesure de Foi»* qui a été publié, il est expliqué que même la foi a un processus de croissance. De la même manière, l'apôtre Jean a classé la foi en celle des petits enfants, des enfants, des jeunes gens et des pères.

Pour cela, vous devez réaliser que plus votre foi grandit, plus beau sera votre lieu de séjour dans le ciel.

Les Secrets du Ciel Révélés Même Aujourd'hui

Environ mille neuf cent ans se sont écoulés depuis que l'apôtre Jean a écrit le Livre de l'Apocalypse, et aujourd'hui, le temps du retour du ciel est beaucoup plus proche. C'est pourquoi Dieu ouvre les yeux spirituels de certaines personnes et leur permet de voir le ciel et l'enfer. Il permettra à l'esprit de certains autres de visiter le ciel et l'enfer pendant un certain temps, et les encouragera à répandre ce qu'ils ont expérimenté auprès des croyants et des non croyants.

Je suis désolé de ne pas être capable d'expliquer beaucoup

de choses sur le ciel et l'enfer, parce qu'ils appartiennent à un monde spirituel tellement grand. Parfois les gens ne délivrent pas correctement le message, ou les auditeurs ne le comprennent pas.

J'ai aussi tellement aspiré à connaître le ciel, et j'ai obtenu la réponse et j'ai appris les secrets du ciel dans le détail après avoir prié et jeûné de nombreuses fois pendant sept ans. En mai 1984, juste avant mon anniversaire, Dieu m'ordonna de jeûner pendant trois jours dans mon lieu de prière, qui était très éloigné des membres de mon église, et Il me permit d'avoir de profondes communications avec Lui. Il m'a expliqué à ce moment-là, le ciel dans le détail et cela me prit environ 120 pages de notes dans un cahier de notes de l'institut supérieur. Il m'a expliqué la merveilleuse, étonnante et heureuse vie dans le ciel, les différents lieux de séjour et les récompenses qu'ils recevront selon la mesure de leur foi. A un moment donné, dans mon ministère, j'ai prêché sur le ciel pendant plusieurs mois.

Après cela, Dieu a continué à me révéler les secrets du ciel, tandis qu'il expliquait le Livre de l'Apocalypse, et il continua à expliquer ces choses plus profondément après 1998. Dieu a révélé tant de choses cachées avant le commencement des temps, et juste comme l'apôtre Paul l'a confessé, «des choses qu'il n'est pas permis à l'homme d'exprimer», il y a de nombreuses choses que je ne peux pas exprimer.

Dieu m'a permis non seulement de connaître le ciel, mais aussi de nombreux secrets du monde spirituel pour une série de raisons. Tout d'abord, Dieu veut sauver un grand nombre de personnes par mon témoignage de Dieu qui a existé avant le commencement des temps et en partageant Jésus-Christ le Sauveur. Deuxièmement, Dieu qui est saint et parfait veut conduire Ses enfants à devenir saints et parfaits et à se préparer pour le retour du Seigneur en tant que merveilleuses épouses en partageant l'évangile de Sanctification.

Pour cela, vous devez réaliser que la fin est très proche et être capables d'entrer dans la Nouvelle Jérusalem qui est claire et belle comme le cristal en partageant l'évangile et en essayant de vous préparer comme une belle épouse du Christ Jésus.

Les Secrets du Ciel Révélés à la Fin des Temps

Plongeons dans les secrets du ciel qui sont révélés et doivent arriver à leur accomplissement à la fin des temps, au travers des paraboles de Jésus dans Matthieu 13.

Il va séparer les Méchants des Justes

Dans Matthieu 13:47-50, Jésus dit que le royaume des cieux est comme un filet qui est descendu dans le lac et qui prend toutes sortes de poissons. Qu'est-ce que cela signifie?

«Le royaume des cieux est encore semblable à un filet jeté dans la mer et ramassant des poissons de toute espèce. Quand il est rempli, les pêcheurs le tirent; et, après s'être assis sur le rivage, ils mettent dans des vases ce qui est bon, et ils jettent ce qui est mauvais. Il en sera de même à la fin du monde. Les anges viendront séparer les méchants d'avec les justes, et ils les jetteront dans la fournaise ardente, où il y aura des pleurs et des grincements de dents.»

Le «lac», se réfère ici au monde, les «poissons», à tous les croyants, et le pêcheur qui laisse descendre un filet dans le lac et prend des poissons est Dieu. Que signifie donc pour Dieu de laisser descendre un filet, le remonter lorsqu'il est plein, et récolter les bons dans des vases et de jeter les méchants? C'est afin de vous faire savoir qu'à la fin des temps, les anges viendront et enlèveront les justes pour le ciel et jetteront les méchants dans l'enfer.

Aujourd'hui, beaucoup de gens pensent qu'ils entreront sûrement dans le royaume des cieux s'ils acceptent Jésus-Christ. Jésus dit cependant clairement, «les anges sépareront les méchants des justes et les jetteront dans la fournaise ardente». Les «justes» se réfère à ceux qui sont appelés «justes» en croyant en Jésus-Christ dans leurs cœurs et en reflétant leur foi dans leurs œuvres. Vous êtes «justes» non pas parce que vous connaissez la Parole de Dieu, mais uniquement parce que vous obéissez à Ses commandements et que vous agissez selon Sa volonté (Matthieu 7:21).

Dans la Bible, il y a des «faites», «ne faites pas», «gardez» et «rejetez». Uniquement ceux qui vivent selon la Parole de Dieu sont «justes» et considérés avoir une foi spirituelle vivante. Il y a des gens qui sont soi disant appelés justes, mais qui peuvent être catalogués comme étant «justes» aux yeux des gens ou «justes» aux yeux de Dieu. C'est pourquoi, vous devez être capables de discerner la différence entre la justice des hommes et celle de Dieu, et de devenir un homme juste aux yeux de Dieu.

Par exemple, si un homme qui se considère juste vole, qui va l'accepter comme étant juste? Si ceux qui s'appellent eux-mêmes «enfants de Dieu», continuent à commettre des péchés et ne vivent pas conformément à la Parole de Dieu, ils ne peuvent pas être appelés «justes». Ce genre de gens sont les méchants au milieu des «justes».

Chaque Différente Splendeur des Corps Célestes

Si vous acceptez Jésus-Christ et ne vivez que selon la Parole de Dieu, vous brillerez comme le soleil au ciel. L'apôtre Paul parle des secrets du ciel dans les détails dans 1 Corinthiens 15:40-41.

«Il y a aussi des corps célestes et des corps terrestres; mais autre est l'éclat des corps célestes, autre celui des corps terrestres. Autre est l'éclat du soleil, autre l'éclat de la lune, et autre l'éclat des étoiles; même une étoile diffère en éclat d'une autre étoile.»

Comme on ne possède le ciel que par la foi, il est évident que la splendeur du ciel sera différente selon la mesure de foi de chacun. C'est pourquoi il y a l'éclat du soleil, de la lune, et des étoiles; même parmi les étoiles la mesure de leur éclat diffère.

Examinons un autre secret du ciel au travers de la parabole du grain de sénevé dans Matthieu 13:31-32.

«Il leur proposa une autre parabole, et il dit: Le royaume des cieux est semblable à un grain de sénevé qu'un homme a pris et semé dans son champ. C'est la plus petite de toutes les semences; mais, quand il a poussé, il est plus grand que les légumes et devient un arbre, de sorte que les oiseaux du ciel viennent habiter dans ses branches.»

Un grain de sénevé est aussi petit que la trace laissée par une pointe de stylo à bille. Même cette petite semence va grandir pour devenir un grand arbre, de sorte que les oiseaux du ciel viennent s'y nicher. Mais alors, qu'est-ce que Jésus a voulu nous enseigner au travers de cette parabole du grain de sénevé? Les leçons à retenir sont que le ciel se possède par la foi et qu'il y a différents niveaux de foi. Donc, même si vous avez aujourd'hui une «petite» foi, vous pouvez la faire grandir pour qu'elle devienne une «grande» foi.

Même une Foi aussi Petite qu'un Grain de Sénevé

Jésus dit dans Matthieu 17:20, *«C'est à cause de votre incrédulité, leur dit Jésus. Je vous le dis en vérité, si vous aviez de la foi comme un grain de sénevé, vous diriez à cette montagne: Transporte-toi d'ici là, et elle se transporterait; rien ne vous serait impossible.»* En réponse à la demande de Ses disciples, «Augmente notre foi!» Jésus répond, *«Les apôtres dirent au Seigneur: Augmente-nous la foi. Et le Seigneur dit: Si vous aviez de la foi comme un grain de sénevé, vous diriez à ce sycomore: Déracine-toi, et plante-toi dans la mer; et il vous obéirait»* (Luc 17:5-6).

Quelle est alors la signification spirituelle de ces versets? Cela signifie que si une foi aussi petite qu'un grain de sénevé grandit et devient une grande foi, rien ne sera impossible. Lorsque quelqu'un accepte Jésus-Christ, une foi de la taille d'un grain de sénevé lui est donnée. Lorsqu'il sème cette semence dans son cœur, elle germera. Lorsqu'elle grandit en une grande foi de la taille d'un grand arbre où beaucoup d'oiseaux viennent et se nichent dans ses branches il expérimentera les œuvres de la puissance de Dieu que Jésus a accomplies, telles que faire voir les aveugles, entendre les sourds, parler les muets et ressusciter les morts.

Si vous croyez que vous avez la foi, mais que vous ne pouvez pas démontrer les œuvres de la puissance de Dieu, et que vous avez toujours des problèmes dans votre famille et dans vos affaires, c'est parce que votre foi aussi petite qu'un grain de sénevé n'a pas encore grandi à la taille d'un grand arbre.

Le Processus de Croissance de la Foi Spirituelle

Dans 1 Jean 2:12-14, l'apôtre Jean explique brièvement la croissance de la foi spirituelle.

> *«Je vous écris, petits enfants, parce que vos péchés vous sont pardonnés à cause de son nom. Je vous écris, pères, parce que vous avez connu celui qui est dès le commencement. Je vous écris, jeunes gens, parce que vous avez vaincu le malin. Je vous ai écrit, petits enfants, parce que vous avez connu le Père. Je vous ai écrit, pères, parce que vous avez connu celui qui est dès le commencement. Je vous ai écrit, jeunes gens, parce que vous êtes forts, et que la parole de Dieu demeure en vous, et que vous avez vaincu le malin.»*

Vous devez réaliser qu'il y a un processus dans la croissance de la foi. Vous devez développer votre foi et avoir la foi des pères dans laquelle vous êtes capables de connaître Dieu qui a été avant le commencement des temps. Vous ne devez pas vous satisfaire avec le niveau de foi des enfants dont les péchés sont pardonnés au travers de Jésus-Christ.

Comme Jésus le dit également dans Matthieu 13:33, *«Il leur dit cette autre parabole: Le royaume des cieux est semblable à du levain qu'une femme a pris et mis dans trois mesures de farine, jusqu'à ce que la pâte soit toute levée.»*

Pour cela, vous devez comprendre que grandir une foi de la taille d'un grain de sénevé à celle de la taille d'un grand arbre peut se faire aussi rapidement que le levain qui agit dans la pâte. Comme il est écrit dans 1 Corinthiens 12:9, la foi est un don spirituel qui vous est donné par Dieu.

Acheter le Ciel avec Tout ce que vous Avez

Vous avez besoin d'efforts réels pour posséder le ciel, parce que le ciel ne peut se posséder que par la foi et qu'il y a un processus à la croissance de la foi. Même dans ce monde, vous devez travailler dur pour gagner la prospérité et la renommée, sans même parler de gagner suffisamment d'argent pour acheter par exemple une maison. Vous travaillez tellement dur pour acquérir et conserver toutes ces choses parmi lesquelles vous ne pourrez en garder aucune éternellement. Combien à plus forte raison, devez-vous alors essayer d'obtenir la splendeur et le lieu de repos du ciel que vous posséderez éternellement?

Jésus dit dans Matthieu 13:44, *«Le royaume des cieux est encore semblable à un trésor caché dans un champ. L'homme qui l'a trouvé le cache; et, dans sa joie, il va vendre tout ce qu'il a, et achète ce champ.»* Il continue dans Matthieu 13:45-46, *«Le royaume des cieux est encore semblable à un marchand qui cherche de belles perles. Il a trouvé une perle de grand prix; et il est allé vendre tout ce qu'il avait, et l'a achetée.»*

Quels sont donc les secrets du ciel, révélés dans les paraboles du trésor caché dans le champ et de la belle perle? Jésus racontait habituellement des paraboles avec des objets qui pouvaient facilement se trouver dans la vie quotidienne. Examinons maintenant la parabole du «trésor caché dans le champ».

Il y avait un fermier pauvre qui vivait de gages quotidiens. Un jour, il alla travailler à la demande de son voisin. On avait dit au fermier que la terre était stérile parce qu'elle n'avait pas été utilisée pendant longtemps, mais son voisin voulait planter quelques arbres fruitiers afin de ne pas perdre la terre. Le fermier accepta de faire le travail. Un jour, il nettoyait le terrain et il trouva quelque chose de très solide au bout de sa pelle. Il continua à creuser et trouva un grand trésor dans le sol. Le fermier qui avait découvert le trésor commença à réfléchir aux moyens de posséder ce trésor. Il décida d'acheter le terrain dans lequel le trésor avait été caché, et comme le sol était stérile, et était pratiquement perdu, le fermier pensa que le propriétaire du terrain pourrait le vendre sans beaucoup d'hésitations.

Le fermier retourna à sa maison, rassembla tout ce qu'il possédait et commença à vendre ses biens. Il n'avait cependant aucun regret de vendre tout ce qu'il possédait, parce qu'il avait trouvé un trésor qui était de loin supérieur en valeur à tout ce qu'il possédait.

La Parabole du Trésor Caché dans un Champ

Que devez-vous réaliser au travers de la parabole du trésor caché dans le champ? J'espère que vous comprenez le secret du ciel en regardant à quatre aspects de la signification spirituelle de la parabole du trésor caché dans le champ.

Premièrement, un champ représente votre cœur et le trésor représente le ciel. Cela implique que le ciel, tout comme le trésor sont enfouis dans votre cœur.

Dieu a créé l'homme avec un esprit, une âme et un corps. L'esprit a été créé comme le maître de l'homme afin de communiquer avec Dieu. L'âme est faite pour obéir aux ordres de l'esprit et le corps est créé comme une enveloppe pour abriter l'esprit et l'âme. C'est pourquoi, un être humain était un esprit vivant, comme cela est écrit dans Genèse 2: 7.

Depuis que le premier homme Adam a commis le péché de désobéissance, l'esprit, le maître de l'homme est cependant mort, et l'âme a commencé à jouer le rôle de maître. Les gens tombèrent alors dans d'avantage de péchés et durent aller sur le chemin de la mort, parce qu'ils ne pouvaient plus communiquer avec Dieu. Ils étaient maintenant devenus des gens d'âme, qui sont sous le contrôle de l'ennemi Satan et du diable.

A cause de cela, le Dieu d'amour a envoyé Son Fils unique Jésus dans ce monde et l'a laissé crucifier et partager Son sang comme sacrifice de rédemption pour racheter toute l'humanité de ses péchés. A cause de cela, le chemin du salut a été ouverte pour vous afin que vous deveniez des enfants du Dieu saint et que vous puissiez à nouveau communiquer avec Lui.

C'est pourquoi, quiconque accepte Jésus-Christ comme son Sauveur personnel, recevra le Saint-Esprit, et son esprit reviendra à la vie. Il recevra aussi le droit de devenir enfant de Dieu et la joie remplira son cœur.

Cela signifie que l'esprit peut communiquer avec Dieu et contrôler à nouveau l'âme et le corps en tant que maître de l'être humain. Cela signifie aussi qu'il commence à craindre Dieu, obéit à Sa Parole, et qu'il accomplit la tâche assignée à l'homme.

C'est pourquoi, le réveil de l'esprit est semblable au fait de trouver un trésor caché dans le champ. Le ciel est comme le trésor caché dans le champ parce que le ciel est maintenant présent dans votre cœur.

Deuxièmement, un homme qui trouve un trésor caché dans un champ et qui est joyeux, signifie que si quelqu'un accepte Jésus-Christ et reçoit le Saint-Esprit, son esprit mort va revivre et il se rendra compte qu'il a le ciel dans son cœur et il se réjouira.

Jésus a dit dans Matthieu 11:12, *«Depuis le temps de Jean Baptiste jusqu'à présent, le royaume des cieux est forcé, et ce sont les violents qui s'en s'emparent.»* L'apôtre Jean déclare aussi dans Apocalypse 22:14, *«Heureux ceux qui lavent leurs robes, afin d'avoir droit à l'arbre de vie, et d'entrer par les portes dans la ville!»*

Ce que vous pouvez apprendre au travers de ceci est que toute personne qui accepte Jésus-Christ n'ira pas dans le même lieu de repos dans le royaume des cieux. Dans la mesure où vous ressemblez au Seigneur et devenez fidèles, vous hériterez d'un plus beau lieu de repos dans le ciel.

C'est pourquoi, ceux qui aiment Dieu et ont l'espérance du ciel agiront selon la Parole de Dieu en toutes choses, et ressembleront au Seigneur en chassant toute leur méchanceté.

Vous possédez le royaume des cieux dans la mesure où vous remplissez votre cœur du ciel, où il n'y a que de la bonté et de la vérité. Même sur cette terre, lorsque vous réalisez que vous avez le ciel dans votre cœur, vous serez dans la joie.

C'est le genre de joie que vous expérimentez lorsque vous rencontrez Jésus-Christ pour la première fois. Combien joyeux doit être quelqu'un qui devait aller sur le chemin de la mort, mais qui a gagné une vie véritable et le ciel éternel au travers de Jésus-Christ!Il sera aussi reconnaissant parce qu'il peut croire dans le royaume des cieux dans son cœur. De cette manière, la joie d'un homme qui se réjouit parce qu'il a trouvé le trésor caché dans le champ, représente la joie d'accepter Jésus-Christ et d'avoir le royaume des cieux dans son cœur.

Troisièmement, cacher à nouveau le trésor après l'avoir trouvé implique que l'esprit mort de quelqu'un est revenu à la vie, et il veut vivre selon la Parole de Dieu, mais il ne peut pas mettre sa détermination en action parce qu'il n'a pas reçu la puissance de vivre selon la Parole de Dieu.

Le fermier n'a pas pu immédiatement déterrer le trésor après l'avoir trouvé. Il a d'abord dû vendre ses biens et acheter le champ. De la même manière, vous savez qu'il y a le ciel et l'enfer et comment vous pouvez accéder au ciel en acceptant Jésus-Christ, mais vous ne pouvez pas manifester vos œuvres dès le moment où vous écoutez la Parole de Dieu.

Parce que vous avez vécu une vie injuste qui était en opposition à la Parole de Dieu, avant que vous n'acceptiez Jésus-Christ, il y a encore beaucoup d'injustice qui subsiste dans votre cœur. Cependant, si vous ne chassez pas tout ce qui est contraire à la vérité dans votre cœur tandis que vous confessez votre foi en Dieu, Satan continuera à vous conduire dans les ténèbres afin que vous ne puissiez pas vivre selon la Parole de Dieu. Tout comme le fermier a acheté le champ après avoir vendu tout ce qu'il possédait, vous pouvez avoir le trésor dans votre cœur uniquement lorsque vous essayez de chasser les pensées de contrevérité, et d'acquérir le cœur de vérité que Dieu veut.

Vous devez donc suivre la vérité, qui est la Parole de Dieu, en dépendant de Dieu et en priant instamment. Alors seulement, la contrevérité sera rejetée et vous recevrez la puissance pour agir et vivre selon la Parole de Dieu. Vous devez savoir que le ciel est uniquement pour ce type de personne.

Quatrièmement, vendre tout ce qu'il possédait signifie que pour que l'esprit mort puisse revivre et devenir le maître de l'homme, il faut démolir toutes les contrevérités qui appartiennent à l'âme.

Lorsque l'esprit mort revit, vous allez réaliser qu'il y a le ciel. Vous devez posséder le ciel en démolissant toutes les pensées de contrevérité, qui appartiennent à l'âme et qui sont dirigées par Satan, et en ayant une foi accompagnée d'œuvres. C'est le même principe qu'une poule qui doit briser sa coquille pour pouvoir venir dans ce monde.

C'est pourquoi, vous devez chasser toutes les œuvres et désirs de la nature pécheresse afin de posséder pleinement le ciel. De plus, vous devez devenir une personne entièrement spirituelle qui ressemble totalement à la nature divine du Seigneur (1 Thessaloniciens 5:23).

Les œuvres de la nature pécheresse sont l'incarnation du mal dans le cœur qui aboutit à des œuvres. Les désirs de la nature pécheresse se réfèrent à toutes espèces de péchés dans le cœur qui peuvent se transformer en œuvres à n'importe quel moment, malgré le fait qu'elles ne se soient pas encore manifestées en œuvres. Par exemple, si vous avez de la haine dans votre cœur, c'est le désir de la nature pécheresse, et si cette haine se transforme en acte de frapper une autre personne, c'est une œuvre de la nature pécheresse.

Galates 5, à partir du verset 19 affirme fermement, *«Or, les oeuvres de la chair sont manifestes, ce sont l'impudicité, l'impureté, la dissolution, l'idolâtrie, la magie, les inimitiés, les querelles, les jalousies, les animosités, les disputes, les divisions, les sectes, l'envie, l'ivrognerie, les excès de table, et les choses semblables. Je vous dis d'avance, comme je l'ai déjà dit, que ceux qui commettent de telles choses n'hériteront point le royaume de Dieu.»*

Romains 13:13-14 vous recommande aussi, *«Marchons honnêtement, comme en plein jour, loin des excès et de l'ivrognerie, de la luxure et de l'impudicité, des querelles et des jalousies. Mais revêtez-vous du Seigneur Jésus-Christ, et n'ayez pas soin de la chair pour en satisfaire les convoitises.»*

C'est pourquoi, vendre tout ce que vous avez signifie détruire toute contrevérité contre la volonté de Dieu dans votre âme et chasser tous vos désirs et œuvres de la nature pécheresse, qui ne sont pas justes selon la Parole de Dieu, et tout le reste que vous avez aimé plus que Dieu.

Si vous continuez à chasser vos péchés et votre méchanceté de cette manière, votre esprit revivra de plus en plus, et vous pourrez vivre en conformité avec la Parole de Dieu en suivant les désirs du Saint-Esprit. Finalement, vous deviendrez un homme spirituel et serez capables d'atteindre la nature divine du Seigneur (Philippiens 2:5-8).

Le Ciel Possédé autant qu'Accompli dans le Cœur

Celui qui possède le ciel par la foi est celui est qui vend tout ce qu'il a en chassant tout le mal et en accomplissant le ciel dans son cœur. Eventuellement, lorsque le Seigneur reviendra le ciel qui a été comme une ombre deviendra une réalité et il obtiendra la vie éternelle. Celui qui possède le ciel est la personne la plus riche même si elle a tout rejeté dans ce monde. Celui cependant, qui ne possède pas le ciel est la personne la plus pauvre qui ne possède rien en réalité, même s'il possède tout dans ce monde. C'est parce que tout ce dont vous avez besoin est en Jésus-Christ et tout ce qui est en dehors de Jésus-Christ est sans valeur, parce qu'après la mort, seul le jugement éternel nous attend.

C'est pourquoi Matthieu a suivi Jésus en abandonnant son occupation. C'est pourquoi Pierre a suivi Jésus en abandonnant son bateau et ses filets. Même l'apôtre Paul a considéré tout ce qu'il avait comme de la boue après avoir accepté Jésus-Christ. La raison pour laquelle les apôtres ont pu faire cela était parce qu'ils voulaient trouver le trésor, qui était plus précieux que tout ce qui existe dans ce monde et qu'ils l'ont déterré.

De la même manière, vous devez montrer votre foi en action en obéissant à la Parole véritable et en chassant toutes les contrevérités qui s'opposent à Dieu. Vous devez accomplir le royaume des cieux dans votre cœur en vendant toutes les contrevérités tels que l'obstination, l'orgueil et l'attitude hautaine que vous avez jusqu'à présent considéré comme un trésor dans votre cœur.

En raison de cela, vous ne devez pas rechercher les choses de ce monde, mais vendre tout ce que vous avez pour accomplir le ciel dans votre cœur et hériter le royaume éternel du ciel.

Il y a de Plusieurs Demeures dans la Maison de Mon Père

Dans Jean 14:1-3, vous pouvez voir qu'il y a plusieurs demeures au ciel, et Jésus est parti au ciel pour vous préparer une place.

«Que votre coeur ne se trouble point. Croyez en Dieu, et croyez en moi. Il y a plusieurs demeures dans la maison de mon Père. Si cela n'était pas, je vous l'aurais

dit. Je vais vous préparer une place. Et, lorsque je m'en serai allé, et que je vous aurai préparé une place, je reviendrai, et je vous prendrai avec moi, afin que là où je suis vous y soyez aussi.»

Le Seigneur est parti Préparer votre Place Céleste

Jésus a dit à Ses disciples toutes les choses qui devaient arriver avant qu'il ne soit capturé pour Sa crucifixion. Regardant Ses disciples qui étaient troublés après avoir entendu la trahison de Judas Iscariot, le reniement de Pierre, et la mort de Jésus, Il les a réconfortés en leur parlant des lieux de repos au ciel.

C'est pourquoi Il a dit «Il y a plusieurs demeures dans la maison de mon Père. Si cela n'était pas, Je vous l'aurais dit, Je vais vous préparer une place.» Jésus a été crucifié et est réellement ressuscité après trois jours, brisant l'autorité de la mort. Ensuite, après quarante jours, il est monté au ciel pendant que beaucoup de gens regardaient pour vous préparer des lieux de repos.

Que signifie alors «Je m'en vais pour vous préparer une place»? Comme il est écrit dans 1 Jean 2:2, *«Il est lui-même une victime expiatoire pour nos péchés, non seulement pour les nôtres, mais aussi pour ceux du monde entier»*, cela signifie que Jésus a brisé le mur du péché entre Dieu et l'homme, afin que tous puissent posséder le ciel par la foi.

Sans Jésus-Christ, le mur des péchés entre Dieu et vous ne pouvait pas être abattu. Dans l'Ancien Testament, lorsqu'un homme commettait des péchés, il offrait un animal en sacrifice pour effacer son péché. Jésus cependant, vous a permis d'être pardonnés de vos péchés et de devenir saints en s'offrant Lui-même comme un sacrifice unique (Hébreux 10:12-14).

Ce n'est qu'au travers de Jésus-Christ que le mur de péché

entre Dieu et vous peut être abattu, et que vous pouvez recevoir les bénédictions d'entrer dans le royaume des cieux et de jouir de la merveilleuse et heureuse vie éternelle.

Il y a Beaucoup de Demeures dans la Maison de Mon Père

Jésus dit dans Jean 14:2 *«Il y a plusieurs demeures dans la maison de Mon Père.»* Le cœur du Seigneur, qui veut que tous soient sauvés est déversé dans ce verset. Par ailleurs, quelle est la raison pour laquelle Jésus a dit «Dans la maison de Mon Père», plutôt que de dire «dans le royaume des cieux»? C'est parce que Dieu ne veut pas des «citoyens» mais des «enfants» avec lesquels il peut partager Son amour à jamais comme un Père.

Le ciel est gouverné par Dieu et est assez vaste pour accueillir tous ceux qui sont sauvés par la foi. C'est par ailleurs, un endroit tellement merveilleux et fantastique qui ne peut être comparé à rien de ce monde. Dans le royaume des cieux dont la taille est inimaginable, l'endroit le plus glorieux est la Nouvelle Jérusalem où se trouve le Trône de Dieu. Tout comme il y a une Maison Bleue à Séoul, la capitale de la Corée, et la Maison Blanche à Washington DC, la capitale des Etats-Unis, afin que chaque Président y réside, dans la Nouvelle Jérusalem se trouve le Trône de Dieu.

Où se trouve alors la Nouvelle Jérusalem? Elle est au centre du ciel, et c'est l'endroit où les gens de foi, qui ont plu à Dieu vivront éternellement. Au contraire, l'endroit le plus extérieur du ciel est le Paradis. Tout comme ce voleur à côté de Jésus, qui a accepté Jésus-Christ et a été sauvé, ceux qui ont accepté Jésus-Christ et n'ont rien fait pour le royaume de Dieu demeureront là- bas.

Le Ciel est Accordé selon la Mesure de la Foi

Pourquoi Dieu A-t-il préparé beaucoup de demeures dans le ciel pour Ses enfants? Dieu est juste et vous fait récolter ce que vous semez (Galates 6:7), et Il récompense chaque personne selon ce qu'elle a fait (Matthieu16:27; Apocalypse 2:23). C'est pourquoi il a préparé les demeures selon la mesure de la foi.

Romains 12:3 observe, *«Par la grâce qui m'a été donnée, je dis à chacun de vous de n'avoir pas de lui-même une trop haute opinion, mais de revêtir des sentiments modestes, selon la mesure de foi que Dieu a départie à chacun.»*

Pour cela, vous devez réaliser que la demeure et la gloire de chacun au ciel différera selon la mesure de sa foi.

Selon la mesure où vous ressemblez au cœur de Dieu, votre place au ciel sera déterminée. La demeure dans le ciel éternel sera décidée selon la mesure où vous avez accompli le ciel dans votre cœur en tant que personne spirituelle.

Admettons par exemple, qu'un enfant et un adulte sont en compétition dans un événement sportif ou ont une discussion. L'univers des enfants et celui des adultes sont tellement différents que les enfants trouveront rapidement ennuyeux le fait de rester avec des adultes. Pour les enfants, la manière de penser, le langage, et les actes sont différents de ceux des adultes. Cela deviendra agréable quand des enfants joueront avec des enfants, des jeunes avec des jeunes et des adultes avec des adultes.

C'est pareil spirituellement. Comme l'esprit de chacun est différent, le Dieu d'amour et de justice a divisé les demeures dans le ciel selon la mesure de la foi, afin que Ses enfants puissent vivre heureux.

Le Seigneur Revient après avoir Préparé les Demeures

Dans Jean 14:3, le Seigneur promet qu'Il reviendra et vous amènera dans le royaume des cieux après qu'Il aura terminé de préparer les demeures dans le ciel.

Supposons qu'il y ait un homme qui avait reçu la grâce de Dieu et qui avait beaucoup de récompenses dans le ciel parce qu'il avait été fidèle. Mais s'il retourne vers les voies du monde, il perd son salut et finit en enfer. Et ses nombreuses récompenses célestes vont devenir sans valeur. Même s'il ne va pas en enfer, ses récompenses peuvent malgré tout devenir nulles.

Parfois, s'il déçoit Dieu en Le scandalisant, malgré qu'il ait été un temps fidèle, ou s'il descend d'un niveau ou demeure dans le même niveau dans sa vie chrétienne, alors qu'il devait progresser, ses récompenses vont diminuer.

Le Seigneur se souviendra cependant de tout ce que vous aurez fait pour le royaume de Dieu en étant fidèles. En plus, si vous sanctifiez votre cœur en le circoncisant dans le Saint-Esprit, vous serez avec le Seigneur lorsqu'Il reviendra et vous serez bénis en demeurant dans un endroit, brillant comme le soleil dans le ciel. Parce que le Seigneur veut que tous les enfants de Dieu soient parfaits, Il a dit, «Je reviendrai et je vous prendrai avec Moi, afin que là où Je suis, vous y soyez aussi.» Jésus veut que vous vous purifiez comme le Seigneur est pur, vous raccrochant à cette parole d'espérance.

Lorsque Jésus a complètement accompli la volonté de Dieu et qu'Il L'a glorifié grandement, Dieu a glorifié Jésus et Lui a donné un nom nouveau «Roi des rois et Seigneur des seigneurs». De la même manière, autant que vous glorifiez Dieu dans ce monde, Dieu vous conduira vers la gloire. Dans la mesure où vous ressemblez à Dieu, et êtes aimés de Dieu, vous vivrez plus près du

Trône de Dieu dans le ciel.

Les demeures du ciel attendent leurs maîtres, les enfants de Dieu, tout comme des épouses qui sont prêtes à recevoir leur époux. C'est pourquoi l'apôtre Jean écrit dans Apocalypse 21:2, *«Et je vis descendre du ciel, d'auprès de Dieu, la ville sainte, la nouvelle Jérusalem, préparée comme une épouse qui s'est parée pour son époux.»*

Même les meilleurs services d'une belle mariée de ce monde ne peuvent se comparer au réconfort et au bonheur des demeures dans le ciel. Les maisons du ciel ont tout et pourvoient à tout en lisant la pensée de leurs maîtres afin qu'il vivent heureux pour l'éternité.

Proverbes 17:3 remarque, *«Le creuset est pour l'argent, et le fourneau pour l'or; Mais celui qui éprouve les coeurs, c'est l'Éternel.»* C'est pourquoi je bénis au nom du Seigneur que vous comprenez que Dieu raffine les gens afin d'en faire Ses enfants véritables, que vous vous sanctifiez avec l'espérance pour la Nouvelle Jérusalem, et que vous avancez avec force vers le meilleur du ciel, en demeurant fidèles dans toute la maison de Dieu.

Chapitre 5

Comment Vivrons-Nous au Ciel?

*Il y a aussi des corps célestes
et des corps terrestres;
mais autre est l'éclat des corps célestes,
autre celui des corps terrestres.
Autre est l'éclat du soleil,
autre l'éclat de la lune,
et autre l'éclat des étoiles;
même une étoile diffère en éclat
d'une autre étoile.*

- 1 Corinthiens 15:40-41

Le bonheur au ciel ne peut être comparé même aux choses les plus belles et délicieuses sur cette terre. Même si vous vous réjouissez avec vos bien-aimés sur une plage avec l'horizon devant vous, ce genre de bonheur est uniquement momentané et non véritable. Dans un coin de votre pensée, il y a toujours des soucis au sujet des choses auxquelles vous avez à faire face après être revenu à votre vie de chaque jour. Si vous répétez ce genre de vie pendant un mois ou deux, ou pendant une année, vous en aurez rapidement marre et vous chercherez quelque chose de nouveau.

Cependant, pour la vie dans le ciel, où tout est aussi beau et clair que du cristal, il y a le bonheur lui-même, parce que tout est nouveau, mystérieux, joyeux et continuellement heureux. Vous pouvez avoir des moments de réjouissance avec Dieu le Père et le Seigneur, ou vous pouvez vous réjouir de vos passe-temps, de vos jeux favoris et de toutes autres choses intéressantes autant que vous le voulez. Voyons comment les enfants de Dieu vivront quand ils iront au ciel.

Un Style de Vie Général au Ciel

Comme votre corps physique sera transformé en corps spirituel, qui consiste en un esprit, une âme et un corps dans le ciel, vous serez capable de reconnaître votre femme, mari, enfants, et parents de cette terre. Vous allez aussi reconnaître votre berger et votre assemblée de cette terre. Et vous allez aussi vous souvenir de ce qui a été oublié sur cette terre. Vous serez très sages, parce que vous serez capables de distinguer et de comprendre la volonté de Dieu.

Certains pourraient se poser la question, «tous mes péchés seront-ils exposés dans le ciel?» Ce ne sera pas le cas. Si vous vous êtes déjà repenti, Dieu ne se souviendra pas de vos péchés autant que l'ouest est éloigné de l'est (Psaume 103:2), mais Il se souvient seulement de vos bonnes œuvres parce que tous vos péchés auront déjà été pardonnés au moment où vous êtes au ciel.

Alors, lorsque vous allez au ciel, comment changerez-vous et vivrez-vous?

Le Corps Céleste

Les êtres humains et les animaux sur cette terre ont leurs propres formes afin que chaque créature vivante puisse être reconnue, que ce soit un lion, un aigle ou un être humain.

Tout comme il y a un corps avec sa propre forme dans ce monde tridimensionnel, il y a un corps unique dans le ciel, qui est un monde à quatre dimensions. Cela est appelé le corps céleste. Au ciel vous vous reconnaîtrez ainsi les uns les autres. Alors, à quoi ressemblera un corps céleste?

Lorsque le Seigneur revient dans l'air, chacun d'entre vous se transforme en un corps ressuscité qui est un corps spirituel. Ce corps ressuscité se transformera en un corps céleste, qui est d'un niveau plus élevé, après le Grand Jugement. Selon la récompense de chacun, la lumière de gloire qui resplendit de ce corps sera différente.

Un corps céleste a des os et de la chair comme le corps de Jésus, juste après sa résurrection (Jean 20:27), mais c'est un nouveau corps, qui consiste en un esprit, une âme et un corps impérissable. Notre corps périssable se transforme en un nouveau corps par la Parole et la puissance de Dieu.

Le corps céleste consistant en des os et une chair éternels et impérissables, brillera parce qu'il est rafraîchi et propre. Même si quelqu'un manquait un bras ou une jambe, ou était handicapé, le corps céleste sera récupéré parfait.

Le corps céleste n'est pas léger comme une ombre, mais a une forme claire, et il n'est pas sous le contrôle du temps et de l'espace. C'est pourquoi, lorsque Jésus est apparu devant les disciples après Sa résurrection, il pouvait librement traverser les murs (Jean 20:26).

Le corps sur cette terre aura des rides et deviendra sec avec l'âge, mais le corps céleste sera rafraîchi en tant que corps impérissable, et il gardera toujours sa jeunesse et brillera comme le soleil.

L'Age de 33 ans

Beaucoup de gens se demandent si le corps céleste sera grand comme celui d'un adulte ou petit comme celui d'un enfant. Au ciel, tout le monde, qu'il soit mort vieux ou jeune, aura éternellement la jeunesse, un âge de 33 ans, l'âge de Jésus lorsqu'il a été crucifié sur cette terre.

Pourquoi Dieu vous laisse-t-Il vivre éternellement au ciel à l'âge de 33 ans? Tout comme le soleil est le plus éclatant à midi, l'âge d'environ 33 ans est le point culminant d'une vie.

Ceux qui ont moins de 30 ans peuvent être un peu inexpérimentés ou immatures, et ceux qui ont au-delà de 40 ans perdent de leur énergie en vieillissant. Cependant, à l'âge de 33 ans environ, les gens sont mûrs et beaux dans tous les aspects. La plupart aussi se marient, donnent naissance à des enfants et les élèvent, afin qu'ils comprennent dans une certaine mesure le cœur de Dieu qui cultive les êtres humains sur cette terre.

De cette manière, Dieu vous change en un corps céleste afin que vous puissiez garder la jeunesse de 33 ans, le plus bel âge des êtres humains, à jamais dans le ciel.

Il n'y a pas de Rapports Biologiques

Si vous vivez dans le ciel à jamais avec l'apparence physique du temps où vous avez quitté ce monde, combien cela sera-t-il amusant? Admettons qu'un homme soit mort à l'âge de 40 ans, et est parti au ciel. Son fils est allé au ciel à l'âge de 50 ans, et son petit fils est mort à l'âge de 90 ans et est allé au ciel. Lorsqu'ils se rencontreront tous les trois au ciel, le petit fils serait le plus vieux et le grand père le plus jeune.

C'est pourquoi au ciel, ou Dieu règne avec Sa justice et Son amour, tout le monde aura 33 ans, et les relations biologiques ou physiques ne sont pas d'application.

Personne n'appelle personne «père», «mère», «fils», ou «fille» au ciel, malgré qu'ils étaient parents et enfants sur cette terre. C'est parce que chacun est le frère ou la sœur de l'autre en tant qu'enfant de Dieu. Puisqu'ils savent qu'ils ont été parents et enfants sur cette terre et qu'ils se sont beaucoup aimés, il peuvent avoir un amour plus spécial les uns pour les autres.

Que se passe-t-il si la mère par exemple a été au Second Royaume du ciel et son fils à la Nouvelle Jérusalem? Sur cette terre bien sûr, le fils doit servir sa mère. Au ciel cependant, la mère fléchira devant son fils parce qu'il ressemble plus à Dieu le Père et la lumière qui est réfléchie par son corps céleste sera beaucoup plus éclatante que la sienne.

Pour cela, vous n'appelez pas les autres par les noms et titres que vous utilisez sur cette terre, mais Dieu le Père donne les noms nouveaux et appropriés, qui ont une signification spirituelle pour chacun. Même sur cette terre, Dieu a changé le nom d'Abram en Abraham, Saraï en Sarah, et Jacob en Israël, ce qui signifie qu'il s'est battu avec Dieu et qu'il a vaincu.

Différence entre Hommes et Femmes dans le Ciel

Au ciel, il n'y a pas de mariage, mais il y a encore une distinction claire entre homme et femme. Tout d'abord, les hommes ont une taille entre six pieds et six pieds deux pouces, et les femmes sont plus petites d'à peu près quatre pouces.

Certaines personnes se soucient tellement de leur taille, comme étant trop petite ou trop grande, mais il n'est pas besoin d'avoir un tel souci dans le ciel. Il n'est pas non plus utile de se soucier du poids, parce que tous auront la forme la plus belle et adaptée.

Un corps céleste ne ressent aucun poids malgré qu'il semble avoir un poids, de sorte que même si on marche sur des fleurs, elles ne sont ni écrasées, ni tordues. Un corps céleste ne peut pas être pesé, mais il ne peut pas être emporté par les vents, parce qu'il est très stable. Avoir suffisamment de poids malgré que vous ne puissiez pas le peser signifie qu'il a une forme et une apparence. C'est comme lorsque vous levez une feuille de papier, vous ne ressentez aucun poids, mais vous savez qu'elle a un certain poids.

Les cheveux sont blonds avec un peu de vagues. Les cheveux des hommes descendent jusqu'au cou, mais la longueur des cheveux des femmes diffère de l'une à l'autre. Avoir des longs cheveux signifie pour une femme qu'elle a reçu de grandes récompenses, et les cheveux les plus longs descendent jusqu'à la taille. Pour cela, c'est une grande gloire et fierté pour une femme d'avoir de longs cheveux (1 Corinthiens 11:15).

Sur cette terre, la plupart des femmes espèrent et essaient d'avoir une peau douce et blanche. Elles utilisent des produits cosmétiques pour conserver leur peau ferme et douce, sans aucune ride. Au ciel, tous auront une peau sans taches qui est tellement belle, claire et propre, brillante avec la lumière de la gloire.

De plus, comme il n'y a pas de mal au ciel, on n'a pas besoin de mettre du maquillage ou se soucier des apparences extérieures parce que tout paraît beau là-bas. La lumière de gloire qui provient du corps spirituel brillera plus blanche, claire et éclatante selon la mesure où chacun est devenu totalement sanctifié et semblable au cœur du Seigneur. L'ordre est aussi décidé et maintenu par cela.

Le Cœur des Gens Célestes

Les gens qui ont un corps céleste ont le cœur de l'esprit lui-même, qui est de la nature divine et qui n'a aucune méchanceté. Tout comme les gens veulent posséder et toucher ce qui est bon et beau sur cette terre, le cœur des gens qui ont un corps céleste veut ressentir la beauté des autres, les regarder et les toucher avec délices. Il n'y a cependant aucune avidité ni jalousie.

Les gens, sur cette terre changent aussi selon leurs propres intérêts, et ils deviennent lassés par les choses, même si elles sont belles et bonnes. Le cœur des gens avec un corps céleste n'a pas de sournoiserie et ne change jamais.

Par exemple, les gens sur cette terre, s'ils sont pauvres, peuvent manger avec appétit des aliments bon marché et de basse qualité. S'ils deviennent un peu plus riches, ils ne sont plus satisfaits avec ce qu'ils considéraient comme appétissant auparavant et ils continuent à chercher de la meilleure nourriture. Si vous achetez un nouveau jouet pour les enfants, ils sont très heureux au commencement, mais après un certain nombre de jours, il leur semblera répugnant et ils en chercheront un nouveau. Au ciel cependant, il n'y a pas une telle manière de penser, de manière à ce que, si vous aimez une fois quelque chose, vous l'aimerez toujours.

Les Vêtements au Ciel

Certains peuvent penser que les vêtements au ciel seront tous les mêmes, mais ce n'est pas le cas. Dieu est le Créateur et le Juste Juge qui vous rend selon ce que vous avez fait. C'est pourquoi, tout comme les récompenses dans le ciel sont différentes, les vêtements seront aussi différents, selon les œuvres sur cette terre (Apocalypse 22:12). Alors, quelle sorte de vêtements porterez-vous, et comment les décorerez-vous dans le ciel?

Des Vêtements Célestes avec Différents Dessins et Couleurs

Au ciel, chacun, en principe porte des vêtements clairs, larges et brillants. Ils sont doux comme la soie et tellement légers qu'ils semblent ne pas avoir de poids, et ils bougent harmonieusement.

Comme la mesure où chacun est sanctifié est différente, la lumière qui sort des vêtements et leur brillance sont différentes. Plus quelqu'un ressemble au cœur de Dieu, plus ses vêtements resplendiront en brillance et clarté.

De plus, plus vous aurez travaillé pour le royaume de Dieu, et L'aurez glorifié, toutes sortes de vêtements avec de nombreux dessins et matériaux différents vous seront donnés.

Sur cette terre, les gens portent diverses sortes de vêtements, selon leur classe ou leur statut social et économique. De la même manière au ciel, vous porterez des vêtements avec plus de couleurs et de dessins, lorsque vous entrerez dans une plus haute position au ciel. Les styles de coiffure et les accessoires seront aussi différents.

De plus, dans les temps anciens les gens reconnaissaient leur rang social respectif uniquement en regardant les couleurs de leurs vêtements. De la même manière, les gens célestes peuvent reconnaître la position et la quantité des récompenses données à chacun au ciel. Porter des vêtements de couleur et avec des dessins spécifiques, différents des autres, signifie qu'on a reçu une plus grande gloire.

C'est pourquoi, ceux qui sont entrés dans la Nouvelle Jérusalem ou qui ont beaucoup contribué au royaume de Dieu reçoivent les vêtements les plus beaux, colorés et brillants.

D'une part, si vous n'avez pas fait grand-chose pour le royaume de Dieu, vous ne recevrez que quelques vêtements au ciel. D'autre part, si vous avez tant travaillé avec foi et amour, vous serez capables de recevoir un nombre incalculable de vêtements avec de nombreux dessins et couleurs.

Les Vêtements Célestes avec Différentes Décorations

Dieu va donner des vêtements avec différentes décorations pour montrer la gloire de chacun. Tout comme la famille royale dans le passé montrait sa condition en mettant des décorations spécifiques sur leurs vêtements, les vêtements au ciel avec des décorations différentes montreront la position et la gloire de chacun au ciel.

Il y a des décorations de remerciements, louange, prière, joie, gloire, et ainsi de suite qui peuvent se voir sur les vêtements au ciel. Lorsque vous chantez des louanges dans cette vie, avec un cœur reconnaissant pour l'amour et la grâce de Dieu le Père et du Seigneur, ou lorsque vous chantez pour glorifier Dieu, Il reçoit votre cœur comme un bel arôme et il met une décoration de louange sur vos vêtements au ciel.

Les décorations de joie et de reconnaissance seront accordées aux gens qui auront été réellement joyeux et reconnaissants dans leur cœur, en se souvenant de la grâce de Dieu le Père qui a donné la vie éternelle et le royaume des cieux, même au milieu des tribulations et regrets sur la terre.

La décoration suivante, celle de prière sera donnée à ceux qui ont prié avec leur vie pour le royaume de Dieu. Parmi toutes ces décorations, la plus belle est la décoration de gloire. C'est la plus difficile à remporter. Elle est exclusivement réservée pour ceux qui ont tout fait pour la gloire de Dieu du fond de leurs vrais cœurs. Tout comme un roi ou un président récompense avec une médaille spéciale ou honoraire, un soldat qui a rendu des services exceptionnels, cette décoration de gloire est particulièrement donnée à ceux qui ont travaillé ardemment et tellement pour le royaume de Dieu et Lui ont donné une grande gloire. Pour cela, celui qui revêt les vêtements avec une décoration de gloire est un des plus nobles dans le royaume des cieux.

Récompenses de Couronnes et de Joyaux

Il y a un nombre incalculable de joyaux dans le ciel. Certains joyaux sont donnés comme récompense et placés sur les vêtements. Dans le livre de l'Apocalypse, vous lisez que le Seigneur porte une couronne d'or, et une écharpe autour de Sa poitrine, et cela sont aussi des récompenses qui Lui ont été données par Dieu.

La Bible mentionne beaucoup de types de couronnes. Les standards pour l'obtention des couronnes et les valeurs des couronnes sont différents, parce qu'elles sont donnés en récompense.

Il y a de nombreuses sortes de couronnes qui sont données selon les œuvres de chacun, telles que *la couronne impérissable,* donnée à ceux qui participent à des courses (1 Corinthiens 9:25), *la couronne de gloire* donnée à ceux qui glorifient Dieu (1 Pierre 5:4), *la couronne de vie* donné à ceux qui sont fidèles jusqu'à la mort (Jacques 1:12; Apocalypse 2:10), *la couronne d'or* que portent les 24 vieillards autour du Trône de Dieu (Apocalypse 4:4; 14:14), et *la couronne de justice* à laquelle aspirait l'apôtre Paul (2 Timothée 4:8).

Il y aussi des couronnes de différentes formes qui sont

décorées avec des joyaux, telles que la couronnée décorée d'or, la couronne de fleurs, la couronne de perles, et ainsi de suite. Selon le style de couronne que chacun reçoit, vous pouvez reconnaître sa sanctification et ses récompenses.

Sur cette terre, n'importe qui peut acheter des joyaux s'il a de l'argent, mais dans le ciel, vous ne pouvez avoir des joyaux que s'ils vous sont donnés comme récompense. Des facteurs, tels que le nombre de gens que vous avez conduit vers le salut, le montant des offrandes données avec un cœur ouvert, et la mesure de votre fidélité, déterminent les différentes sortes de récompenses qui vous seront données. C'est pourquoi, les joyaux et les couronnes doivent être différents parce qu'ils sont donnés selon les œuvres de chacun. L'éclat, la beauté, la splendeur et le nombre de joyaux et de couronnes sont aussi différents.

C'est pareil pour les lieux de repos et les maisons dans le ciel. Les lieux de repos diffèrent selon la foi de chacun; la taille, la beauté, l'éclat de l'or et des autres joyaux des maisons personnelles sont aussi différents. Vous aurez un aperçu plus détaillé de ces choses concernant les lieux de repos du ciel à partir du chapitre 6.

La Nourriture au Ciel

Lorsque le premier homme Adam et Eve habitaient dans le Jardin d'Eden, ils mangeaient uniquement des fruits et des plantes qui portent de la semence (Genèse 1:29). Cependant, lorsqu'Adam a été chassé du Jardin d'Eden à cause de sa désobéissance, ils ont commencé à manger les plantes des champs. Après le grand déluge, les gens furent autorisés à manger de la viande. De cette manière, comme les gens devenaient plus mauvais, le type de nourriture a changé également.

Que mangerez-vous donc dans le ciel où il n'y a pas du tout de mal? Certains pourraient se demander si le corps spirituel doit aussi manger. Au ciel, vous pouvez boire de l'Eau de la Vie et manger ou sentir les différentes espèces de fruits pour recevoir la joie.

Les Corps Célestes Sentent

«Sentir», ici se réfère au souffle de l'esprit. Bien sûr, le corps céleste ne doit pas du tout respirer, mais il peut se reposer en respirant, de la même manière où vous respirez sur cette terre. Il peut donc respirer, non seulement avec sa bouche et son nez, mais aussi par les yeux et les cellules du corps, et même avec le cœur.

Dieu aussi sent parce qu'Il est Esprit. C'est pourquoi, Il pouvait Se réjouir avec les sacrifices des hommes justes en sentant leur arôme dans l'Ancien Testament (Genèse 8:21). Dans le Nouveau Testament, Jésus qui est pur et sans tache, est devenu un sacrifice Lui-même avec un arôme de bonne odeur (Ephésiens 5:2).

C'est pourquoi, Dieu reçoit l'arôme de votre cœur, lorsque vous adorez, priez ou chantez des louanges avec un cœur véritable. Dans la mesure où vous ressemblez au Seigneur et devenez justes, vous devenez l'arôme de Christ, qui est ensuite reçu comme une précieuse offrande par Dieu. Dieu reçoit vos louanges et prières avec plaisir en les sentant.

Dans Matthieu 26:29, vous voyez que le Seigneur prie pour vous parce qu'Il est monté au ciel, sans rien manger pendant les deux derniers millénaires. De la même manière, au ciel, le corps céleste peut vivre même sans manger, ni respirer. Vous aussi, vous vivrez éternellement lorsque vous irez au ciel, parce que vous serez transformés en un corps spirituel qui ne périt jamais.

Lorsque le corps céleste sent, il peut cependant ressentir plus de joie et de bonheur, et l'esprit est régénéré et renouvelé. Tout comme les gens équilibrent leur régime pour conserver la santé, le corps céleste se réjouit de sentir au ciel.

Quand différentes sortes de fleurs et de fruits diffusent leurs arômes, le corps céleste les sent en respirant. Même s'il respire le même arôme encore et encore, il ressentira la même satisfaction et le même bonheur.

De plus, lorsqu'un corps céleste sent le bel arôme des fleurs et des fruits, l'arôme entre dans le corps comme un parfum. Le corps restitue cet arôme jusqu'à ce qu'il soit complètement dilué. Tout comme vous vous sentez bien en mettant du parfum sur cette terre, le corps céleste se sent plus heureux en inhalant à cause du merveilleux arôme.

Relâcher au travers de la Respiration

Comment donc les gens mangent-ils et continuent-ils leur vie au ciel? Dans la Bible, vous lisez que le Seigneur est apparu à Ses disciples après Sa résurrection, et il respirait (Jean 20:22) et mangeait (Jean 21:12-15). La raison pour laquelle le Seigneur ressuscité a pris de la nourriture n'était pas parce qu'Il avait faim, mais pour partager Sa joie avec les disciples et pour vous faire savoir que vous aussi vous mangerez dans le ciel en tant que corps céleste. C'est pourquoi la Bible relate que le Christ Jésus a mangé du pain et du poisson pour déjeuner après Sa résurrection.

Pourquoi la Bible vous dit-elle alors que le Seigneur respirait, même après Sa résurrection? Lorsque vous prenez de la nourriture au ciel, elle se dissout immédiatement et est relâchée au travers de la respiration. Au ciel, la nourriture est instantanément dissoute et elle est éliminée du corps par la respiration. Il n'y a donc aucun besoin d'excrément ni de toilettes. Combien cela est confortable et miraculeux, que la nourriture consommée quitte le corps au travers de la respiration, comme un arôme et est dissoute.

Le Transport au Ciel

Au travers de l'histoire de l'humanité, comme la civilisation et la science progressent, des moyens de transport plus rapides et plus confortables, tels que les charrettes, les roulottes, les automobiles, les bateaux, les trains, les avions et ainsi de suite, ont été inventés.

Il y a de nombreuses espèces de moyens de transport au ciel aussi. Il y a un système de transport public, comme un train du ciel, et des moyens individuels de transport, tels que les voitures nuages et des chariots d'or.

Au ciel, le corps céleste peut aller très vite et même voler, parce qu'il est au-delà du temps et de l'espace, mais c'est beaucoup plus amusant et réjouissant d'utiliser les moyens de transport donnés en récompense.

Les Voyages et les Transports au Ciel

Combien réjouissant et heureux cela serait si vous pouviez voyager partout dans le ciel et voir toutes les belles et merveilleuses choses que Dieu a créées!

Chaque coin du ciel a une beauté unique, et vous pouvez donc jouir de chaque partie. Cependant, parce que le cœur du corps céleste ne change jamais, il n'est jamais ennuyé ou fatigué de revisiter le même endroit. Voyager dans le ciel est donc une chose joyeuse et intéressante.

Le corps céleste ne doit pas réellement utiliser un quelconque moyen de transport, parce qu'il n'est jamais fatigué et peut même voler. Cependant, l'utilisation de diverses sortes de véhicules le rend encore plus confortable. C'est comme voyager en bus est un peu plus confortable que de marcher, et voyager en taxi ou conduire une voiture est un peu plus confortable que de voyager en bus, ou prendre le métro sur cette terre.

Donc, si vous voyagez sur le train du ciel, qui est décoré de diverses couleurs et joyaux, vous pouvez aller vers votre destination sans aucun rail, et il peut se mouvoir librement vers la droite et la gauche ou de haut en bas.

Lorsque les gens du Paradis iront à la Nouvelle Jérusalem, ils prendront le train du ciel, parce que les deux endroits sont relativement distants l'un de l'autre. C'est une grande excitation pour les voyageurs. En volant au travers des lumières brillantes, ils peuvent voir les merveilleux paysages du ciel par les fenêtres. Ils se sentiront encore plus heureux à la pensée de voir Dieu le Père.

Parmi les moyens de transport au ciel, il y a le wagon d'or, qu'une personne spéciale de la Nouvelle Jérusalem emprunte lorsqu'il parcourt le ciel. Il a des ailes blanches, et il y a un bouton à l'intérieur. Au moyen de ce bouton, il bougera entièrement automatiquement, et il peut courir ou voler comme le désire le propriétaire.

Automobile des Nuages

Les nuages du ciel sont comme une décoration pour ajouter à la beauté du ciel. Lorsque le corps céleste se déplace vers des endroits avec des nuages autour de lui, le corps brille plus que sans les nuages. Il peut également faire ressentir aux autres la dignité, la gloire et l'autorité du corps spirituel nuageux.

La Bible dit que le Seigneur revient avec les nuées (1 Thessaloniciens 4:16-17), c'est parce que venir avec les nuées de gloire est beaucoup plus majestueux, digne et beau que de venir dans l'air sans rien. De la même manière, les nuages existent dans le ciel pour ajouter de la gloire aux enfants de Dieu.

Si vous êtes qualifiés pour entrer dans la Nouvelle Jérusalem, vous pouvez posséder la plus merveilleuse automobile des nuages. Ce n'est pas un nuage fait de vapeur comme ceux sur cette terre, mais il est fait de la nuée de la gloire du ciel.

L'automobile des nuages montre la gloire, la dignité et l'autorité de son propriétaire. Tout le monde ne peut cependant pas posséder une automobile des nuages, parce qu'elles ne sont données qu'à ceux qui sont qualifiés pour entrer dans la Nouvelle Jérusalem, en ayant été totalement sanctifiés et fidèles dans toute la maison de Dieu.

Ceux qui entrent dans la Nouvelle Jérusalem peuvent aller n'importe où avec le Seigneur en empruntant ces voitures nuages. Pendant le trajet, l'armée céleste et les anges les escortent et les servent. C'est tout comme de nombreux ministres servent un roi ou un prince lorsqu'il est sur la route. C'est pourquoi, l'escorte et le service de l'armée céleste et des anges montrent de plus l'autorité et la gloire du propriétaire.

Les automobiles nuages sont généralement conduites par des anges. Il y a des mono sièges pour un usage privé, ou des multi-places dans lesquels plusieurs personnes peuvent voyager ensemble. Lorsqu'un habitant de la Nouvelle Jérusalem joue au golf et se déplace sur le terrain, une automobile nuage vient et s'arrête aux pieds du maître. Lorsqu'il embarque, le véhicule bouge très doucement et en un instant vers la balle.

Imaginez que vous volez dans le ciel, roulez dans une

automobile nuage avec une escorte de l'armée céleste et d'anges dans la Nouvelle Jérusalem. Imaginez aussi que vous roulez dans une automobile nuage avec le Seigneur, ou que vous voyagez dans le vaste univers du ciel sur le train du ciel avec vos bien-aimés. Vous serez probablement envahis de joie.

Les Distractions au Ciel

Certains peuvent penser que ce n'est pas très amusant de vivre dans un corps céleste, mais ce n'est pas le cas. Vous pouvez vous fatiguer ou être insatisfait par les plaisirs de ce monde physique, mais dans le monde spirituel, «l'amusement» paraît toujours renouvelé et rafraîchissant.

Vous Réjouissant des passe-temps et des Jeux

Tout comme les gens sur cette terre développent leurs talents et rendent leur vie plus abondante par leurs passe-temps, vous pouvez avoir et jouir de passe-temps également. Vous pouvez non seulement pratiquer ce que vous aimiez sur cette terre, mais aussi des choses dont vous vous êtes privées de manière à accomplir le travail de Dieu autant que vous le pouviez. Vous pouvez aussi apprendre des choses nouvelles.

Ceux qui sont intéressés par les instruments de musique peuvent louer Dieu en jouant de la harpe. Ou vous pouvez apprendre à jouer du piano, de la flûte, et beaucoup d'autres instruments, et vous pouvez les apprendre très rapidement parce que tout le monde devient bien plus sage dans le ciel.

Vous pouvez également avoir des conversations avec la nature et les animaux célestes, afin d'ajouter à votre réjouissance. Même les plantes et les animaux reconnaissent les enfants de Dieu, les saluent et expriment leur amour et leur respect envers eux.

De plus, vous pouvez pratiquer de nombreux sports, tels que le tennis, le basket, le bowling, le golf, le vol à voile, mais pas des événements sportifs tels que la boxe ou la lutte qui peuvent blesser les autres. Les facilités et l'équipement ne sont pas dangereux du tout. Ils sont faits de matériaux merveilleux et sont décorés d'or et de joyaux, afin de donner plus de bonheur et de plaisir en pratiquant le sport.

Les équipements sportifs reconnaissent aussi les cœurs des gens et leur donnent plus de plaisir. Par exemple, si vous aimez le bowling, les boules et les quilles changent de couleur et se positionnent à la distance que vous désirez. Les quilles tombent avec de belles lumières et des sons joyeux. Si vous souhaitez perdre en faveur de votre partenaire, les quilles bougent selon votre désir pour vous rendre plus heureux.

Au ciel, il n'y a pas de méchanceté qui désire gagner ou surpasser quelqu'un d'autre. Donner plus de plaisir et de profit aux autres signifie gagner la partie. Certains peuvent se poser la question de la signification d'un jeu qui n'a pas de gagnant et pas de perdant, mais au ciel, vous n'avez pas de plaisir à gagner contre quelqu'un. Jouer le jeu procure la joie.

Il y a bien sûr, certains jeux qui vous donnent du plaisir au travers d'une compétition bonne et juste. Par exemple, il y a un jeu où vous gagnez selon la quantité de parfum de fleurs que vous respirez, la manière dont vous les mélangez au mieux, et l'odeur finale qui est rendue, et ainsi de suite.

Différents Types de Réjouissances

Certains de ceux qui aiment les jeux demandent s'il existe

quelque chose comme une plaine de jeux au ciel. Bien sûr, il y a de nombreux jeux qui sont bien plus réjouissants que ceux sur cette terre.

Les jeux du ciel, contrairement à ceux de cette terre, ne vous fatiguent jamais ni n'abîment vos yeux. Vous n'en êtes jamais fatigués. Au contraire, ils vous rajeunissent et vous donnent la paix. Lorsque vous gagnez ou que vous avez le meilleur score, vous ressentez le plus de plaisir et vous ne perdez jamais l'intérêt.

Les gens au ciel sont dans des corps célestes, et de la sorte n'ont jamais peur de tomber lors de tours effectués dans les parcs de loisirs, tels que sur des montagnes russes. Ils ne ressentent que les sensations et le plaisir. Donc, même ceux qui avaient le vertige sur cette terre peuvent jouir de ces choses au ciel autant qu'ils le veulent.

Même si vous tombez de la montagne russe, vous ne serez pas blessés parce que vous êtes dans un corps céleste. Vous pouvez atterrir en toute sécurité, comme un maître en arts martiaux, ou les anges vous protégeront. Imaginez-vous descendant une montagne russe en criant avec le Seigneur et tous vos bien-aimés. Combien cela doit être heureux et réjouissant!

L'Adoration, l'Education et la Culture au Ciel

Il n'est pas nécessaire de travailler pour la nourriture, les vêtements ou le logement au ciel. Certains peuvent donc se demander «Qu'allons-nous faire pendant l'éternité? N'allons-nous pas rester désespérément oisifs?» Il n'y a cependant aucunement besoin de s'inquiéter.

Au ciel, il y a tellement de choses dont vous pouvez vous

réjouir avec bonheur. Il y a de nombreuses sortes d'activités et d'événements intéressants et excitants tels que des jeux, l'éducation, les cultes de louange, les fêtes, et les festivals, les voyages et les sports.

Vous n'êtes pas obligés ni forcés de participer à ces activités. Tout le monde fait tout volontairement, et il le fait avec joie, parce que tout ce que vous faites vous donne une abondante quantité de bonheur.

La Louange avec Joie devant Dieu le Créateur

Tout comme vous assistez à des cultes et que vous louez Dieu à des moments spécifiques sur cette terre, vous adorerez Dieu à certains moments dans le ciel aussi. Bien sûr, c'est Dieu qui prêche le message et au travers de Ses messages, vous pouvez apprendre au sujet de l'origine de Dieu et du monde spirituel qui n'a ni commencement, ni fin.

Généralement, ceux qui réussissent dans leurs études attendent les cours et le professeur avec impatience. Même dans la vie de la foi, ceux qui aiment Dieu et qui adorent en esprit et en vérité attendent avec impatience divers cultes d'adoration et aspirent à entendre la voix du berger qui prêche la parole de vie.

Lorsque vous allez au ciel, vous avez de la joie et du bonheur d'adorer Dieu et vous vous attendez à entendre la Parole de Dieu. Vous pouvez écouter la Parole de Dieu au travers des services, avoir du temps pour parler avec Dieu, ou écouter la Parole du Seigneur. Il y a aussi des temps de prière. Cependant, vous ne fléchissez pas les genoux, et ne fermez pas les yeux comme vous le faites sur cette terre. C'est le temps de converser avec Dieu. Les prières au ciel sont des conversations avec Dieu le Père, le Seigneur et le Saint-Esprit. Combien merveilleux et réjouissants ces moments doivent être!

Vous pouvez aussi louer Dieu comme vous le faites sur cette terre. Ce n'est cependant dans aucune langue de ce monde, mais vous allez louer Dieu avec des chants nouveaux. Ceux qui ont traversé les tribulations ensemble, ou les membres de la même église sur cette terre, se réunissent avec leur berger pour adorer et avoir des temps de communion.

Alors, comment les gens adorent-ils ensemble dans le ciel, surtout, étant donné que leurs lieux de séjour dans le ciel sont à des endroits tellement différents dans le ciel? Au ciel, les lumières des différents corps célestes varient en fonction de chaque lieu de repos, et ils empruntent donc des vêtements appropriés pour se rendre vers d'autres endroits de niveau plus élevé. C'est pourquoi, pour assister aux cultes d'adoration tenus à la Nouvelle Jérusalem, qui est couverte de la lumière de la gloire, tous les gens des autres endroits doivent emprunter des vêtements appropriés.

Par ailleurs, de la même manière où vous pouvez suivre le même culte au moyen des satellites partout dans le monde en même temps, vous pouvez faire la même chose au ciel. Vous pouvez assister et regarder le culte tenu à la Nouvelle Jérusalem de tous les autres endroits du ciel, mais l'écran au ciel est si naturel que vous avez l'impression d'assister au culte en personne.

Vous pouvez aussi inviter les précurseurs de la foi, comme Moïse et l'apôtre Paul et adorer ensemble. Vous devez cependant avoir une autorité spirituelle appropriée pour inviter ces nobles personnes.

Apprendre de Nouveaux et Profonds Secrets Spirituels

Les enfants de Dieu apprennent de nombreuses choses spirituelles pendant qu'ils sont cultivés sur cette terre, mais ce qu'ils apprennent ici n'est qu'une étape à franchir pour aller au ciel. Après être entré au ciel, ils commencent à apprendre au sujet du nouveau monde.

Par exemple, lorsque des croyants en Jésus-Christ meurent, sauf pour ceux qui entrent dans la Nouvelle Jérusalem, ils demeurent dans un endroit à l'entrée du Paradis, et là, ils commencent à apprendre les règles et les lois du ciel avec les anges.

Tout comme les gens sur cette terre doivent être éduqués pour s'adapter à la société tandis qu'ils grandissent, de manière à vivre dans le nouveau monde du niveau spirituel, il faut que l'on vous enseigne en détail comment vous devez vous comporter.

Certains pourraient se demander pourquoi ils doivent encore apprendre dans le ciel, alors qu'ils ont déjà appris tant de choses sur cette terre. Apprendre sur cette terre est un processus d'entraînement spirituel, et le véritable enseignement commence seulement lorsque vous entrez dans le ciel.

De la même manière, il n'y a pas de fin aux enseignements parce que le royaume de Dieu est illimité et dure à toujours. Peu importe la quantité de choses que vous apprenez, vous ne pouvez pas apprendre Dieu qui existe avant même le commencement des choses dans sa totalité. Vous ne pouvez jamais entièrement connaître la profondeur de Dieu qui a existé de toute éternité, qui a contrôlé l'univers entier et toutes les choses qu'il contient, et qui subsistera pour l'éternité.

Pour cela, vous pouvez réaliser qu'il y a un nombre incalculable de choses à apprendre si vous allez dans le monde spirituel sans limites, et l'enseignement spirituel est très intéressant et agréable, contrairement à certaines études dans ce monde.

De plus, les enseignements spirituels ne sont jamais

obligatoires et il n'y a pas d'examens. Vous n'oubliez jamais ce que vous apprenez, et ce n'est donc jamais dur ni épuisant. Vous ne serez jamais ennuyés ni oisifs au ciel. Vous serez simplement heureux d'apprendre des choses merveilleuses et nouvelles.

Fêtes, Banquets et Spectacles

Il y a toutes sortes de fêtes et de spectacles au ciel aussi. Ces fêtes sont le sommet du plaisir dans le ciel. C'est là que vous jouissez du délice et de la joie de voir la richesse, la liberté, la beauté et la gloire du ciel dans toute sa splendeur.

Tout comme les gens sur cette terre se parent merveilleusement pour assister à des fêtes prestigieuses, et qu'ils boivent, mangent et jouissent des meilleures choses, vous pouvez aussi avoir des fêtes avec des gens qui se parent merveilleusement. Les fêtes sont pleines de belles danses, de chansons et de bruits de rires et de bonheur.

Il y a aussi des endroits comme Carnegie Hall à New York City ou le Sydney Opéra House en Australie, où vous pouvez assister à divers spectacles. Les spectacles au ciel ne servent pas à élever quelqu'un, mais uniquement à glorifier Dieu, donner de la joie et du bonheur au Seigneur et les partager avec les autres.

Les artistes sont principalement ceux qui ont grandement glorifié Dieu par des louanges, des danses, des instruments de musique et des pièces sur cette terre. Parfois ces gens peuvent exécuter les mêmes morceaux qu'ils ont exécutés sur la terre. Ou bien ceux qui voulaient faire ces choses sur la terre, mais qui n'ont pas pu en raison des circonstances de leur vie, peuvent louer Dieu avec des chants nouveaux et de nouvelles danses dans le ciel.

Il y a aussi des salles de cinéma dans lesquelles vous pouvez visionner des films. Dans le Premier ou le Second Royaume, ils regardent généralement les films dans des théâtres publics. Dans le Troisième Royaume et dans la Nouvelle Jérusalem, chaque résident a ses propres facilités dans sa maison. Les gens peuvent regarder des films eux-mêmes ou inviter leurs bien-aimés pour visionner un film pendant qu'ils prennent un snack.

Dans la Bible, l'apôtre Paul a été dans le Troisième Ciel, mais n'a pas pu le révéler aux autres (2 Corinthiens 12:4). Il est très difficile de faire comprendre le ciel aux gens, parce que ce n'est pas un monde connu ou correctement compris par les gens. Au contraire, il est fort possible que les gens se méprennent.

Le ciel appartient au monde spirituel. Il y a tant de choses que vous ne pouvez pas comprendre ou imaginer au ciel, où il y a plein de joie et de bonheur que vous ne pourrez jamais expérimenter sur cette terre.

Dieu a préparé un si beau ciel pour que vous puissiez y vivre, et Il vous encourage à avoir les bonnes qualifications pour y entrer au travers de la Bible.

Pour cela, je prie au nom du Seigneur que vous puissiez recevoir le Seigneur avec joie avec les bonnes qualifications qui sont nécessaires pour être prêt en tant que Sa belle épouse lorsqu'Il reviendra.

Chapitre 6

Le Paradis

Jésus lui répondit:
Je te le dis en vérité,
Aujourd'hui tu seras
avec moi dans le paradis.

- Luc 23:43

Tous ceux qui croient en Jésus-Christ comme leur Sauveur personnel et dont les noms sont écrits dans le Livre de Vie seront capables de jouir de la vie éternelle au ciel. J'ai déjà expliqué qu'il y a cependant des étapes dans la croissance de la foi, et les lieux de repos, les couronnes et les récompenses donnés au ciel dépendront de la mesure de la foi de chacun.

Ceux qui ressemblent plus au cœur de Dieu, vivront plus près du Trône de Dieu, et plus éloignés ils seront du trône de Dieu, moins ils ressemblent au cœur de Dieu.

Le Paradis est le lieu le plus éloigné du Trône de Dieu qui a le moins de lumière de la gloire de Dieu, et c'est le niveau le plus bas du ciel. Il est cependant incomparablement plus beau que cette terre, et même plus beau que le Jardin d'Eden.

Quel genre d'endroit est donc le Paradis et quel genre de personnes ira là-bas?

La Beauté et le Bonheur du Paradis

La région à la lisière du Paradis est utilisée comme Lieu d'Attente jusqu'au Jour du Grand Jugement du Trône Blanc (Apocalypse 20:11-12). Sauf pour ceux qui sont déjà partis pour la Nouvelle Jérusalem après avoir accompli le cœur de Dieu et qui aident aux œuvres de Dieu, tous les autres gens qui sont sauvés depuis le commencement, attendent dans la région à la lisière du Paradis.

Vous réalisez ainsi que le Paradis est tellement vaste que la région à sa lisière est utilisée comme Lieu d'Attente pour beaucoup de gens. Malgré que ce Paradis est l'endroit le plus bas du ciel, il est malgré tout incomparablement plus beau et heureux que cette terre, l'endroit maudit par Dieu.

De plus, puisque c'est un endroit où ceux qui sont cultivés sur cette terre vont entrer, il y a tellement plus de bonheur et de joie que dans le Jardin d'Eden où le premier homme Adam et Eve ont vécu.

Regardons maintenant à la beauté et au bonheur du Paradis que Dieu a révélé et fait connaître.

De Vastes Plaines Remplies de Merveilleux Animaux et Plantes

Le Paradis est comme une vaste plaine, et il y a de nombreux parterres d'herbe et de beaux jardins bien entretenus. Beaucoup d'anges entretiennent et prennent soin de ces endroits. Les chants d'oiseaux sont tellement clairs et purs, et ils font écho dans tout le Paradis. Ils ressemblent pratiquement aux oiseaux sur cette terre, mais ils sont un peu plus grands et ont de plus beaux plumages. Leurs chants en groupe sont tellement beaux.

Les fleurs et les arbres du jardin sont aussi tellement frais et abondants. Les arbres et les fleurs de cette terre blanchissent avec le temps, mais au Paradis, les arbres sont toujours verts et les fleurs ne fanent jamais. Lorsque les gens s'approchent d'elles, les fleurs sourient, et parfois, elles relâchent leur unique et raffiné parfum à grande distance.

Les arbres frais portent de nombreuses espèces de fruits. Ils sont un peu plus gros que les fruits sur cette terre. Les peaux sont brillantes et ils paraissent très savoureux. Vous ne devez pas les éplucher parce qu'il n'y a pas de poussière ni de vers. Combien merveilleuse et heureuse serait la scène dans laquelle les gens sont assis partout dans une belle plaine, et ont des conversations avec des paniers remplis de délicieux et appétissants fruits?

Il y a aussi de nombreux animaux dans la vaste plaine. Parmi eux, il y a des lions qui mangent pacifiquement de l'herbe. Ils sont beaucoup plus grands que les lions sur cette terre, mais ils ne sont pas du tout agressifs. Ils sont tellement gentils parce qu'ils ont des caractères doux et des poils propres et brillants.

Le Fleuve d'Eau de la Vie Coule Tranquillement

Le Fleuve d'Eau de la Vie coule au travers du ciel, de la Nouvelle Jérusalem jusqu'au Paradis, et elle ne s'évapore jamais et n'est jamais polluée. L'eau de ce fleuve qui jaillit du Trône de Dieu et rafraîchit tout représente le cœur de Dieu. C'est la pure et merveilleuse pensée qui est sans tache, sans blâme et brillante sans aucunes ténèbres. Le cœur de Dieu est parfait et complet en toutes choses.

Le Fleuve d'Eau de la Vie qui coule tranquillement est comme de l'eau de mer scintillante, reflétant le soleil un jour ensoleillé. Elle est tellement claire et transparente qu'elle ne peut être comparée à aucune espèce d'eau sur cette terre. En la regardant d'une certaine distance, elle paraît bleue et c'est comme la mer bleue profonde de la Méditerranée ou de l'Océan Atlantique.

Il y a de merveilleuses plages sur les routes de chaque côté du Fleuve d'Eau de la Vie. Autour des rives, il y a des arbres de vie qui portent du fruit chaque mois. Les fruits de l'arbre de vie sont plus gros que les fruits sur cette terre, et ils sentent et goûtent si délicieusement qu'ils ne peuvent être correctement décrits. Ils fondent comme du coton lorsque vous portez l'un d'eux à votre bouche.

Pas de Propriétés Privées au Ciel

Au ciel, les cheveux des hommes tombent jusque dans le cou, mais ceux des femmes reflètent le niveau des récompenses reçues. Les cheveux les plus longs des femmes peuvent descendre jusqu'à la taille. Les gens au Paradis portent des vêtements blancs tissés d'une seule pièce, mais il n'y a pas de décoration, telle qu'une broche pour les vêtements, ni de couronnes ou de pinces pour les cheveux. C'est parce qu'ils n'ont rien fait pour le royaume de Dieu tandis qu'ils vivaient sur cette terre.

De la même manière, comme tous ceux qui vont au Paradis n'ont pas de récompenses, il n'y a pas de maisons personnelles, couronnes, décorations ou anges assignés pour les servir. Il y a juste un endroit où les esprits destinés au Paradis peuvent rester. Ils restent dans cet endroit, en se servant les uns les autres.

C'est la même chose au Jardin d'Eden, où il n'y a pas de maison personnelle pour chaque occupant, mais il y a une différence significative dans la magnitude du bonheur entre les deux endroits. Les gens au Paradis peuvent appeler Dieu «Abba

Père» parce qu'ils ont accepté Jésus-Christ et qu'ils ont reçu le Saint-Esprit, et ils ressentent ainsi un bonheur qui ne peut pas être comparé avec le bonheur du Jardin d'Eden.

C'est pourquoi, c'est une telle bénédiction et une chose tellement précieuse que vous soyez nés dans ce monde, ayez expérimenté tant de choses bonnes et mauvaises, soyez devenus de véritables enfants de Dieu et ayez de la foi.

Le Paradis Rempli de Bonheur et de Joie

Même la vie au Paradis est pleine de bonheur et de joie dans la vérité, parce qu'il n'y a pas de mal et tout le monde cherche le profit des autres d'abord. Personne ne blesse personne mais tous se servent les uns les autres avec amour. Combien merveilleuse cette vie doit-elle être!

De plus, ne pas avoir à se soucier à propos du logement, des vêtements et de la nourriture et le fait qu'il n'y ait ni larmes, regrets, maladies, douleur ou mort est le bonheur même.

> *«Il essuiera toute larme de leurs yeux, et la mort ne sera plus, et il n'y aura plus ni deuil, ni cri, ni douleur, car les premières choses ont disparu» (Apocalypse 21:4).*

Vous voyez aussi que tout comme il y a des chefs parmi tous les anges, il y a une hiérarchie parmi les gens du Paradis, par exemple, les représentants et les représentés. Parce que les œuvres de foi de chacun sont différentes, ceux qui ont relativement une plus grande foi sont nommés en tant que représentants pour prendre en charge un endroit ou un groupe de gens.

Ces gens portent des vêtements différents que les gens

ordinaires du Paradis, et ils ont la priorité en tout. Ce n'est pas quelque chose d'injuste, mais cela est appliqué par la justice sans faille de Dieu de rendre à chacun selon ses œuvres.

Puisqu'il n'y a pas de jalousie ni d'envie au ciel, les gens ne haïssent jamais ou ne sont jamais offensés lorsque de meilleures choses sont données à d'autres. Au contraire, ils sont heureux et satisfaits de voir les autres recevoir de bonnes choses.

Vous devez réaliser que le Paradis est un endroit incomparablement plus beau et plus heureux que cette terre.

Quel Type de Gens Va au Paradis?

Le Paradis est un endroit très beau qui est fait avec le grand amour et la miséricorde de Dieu. C'est un endroit pour ceux qui ne sont pas suffisamment qualifiés pour être appelés les véritables enfants de Dieu, mais qui ont connu Dieu et ont cru en Jésus-Christ, et qui pour cela ne peuvent pas être envoyés en enfer. Alors, quel genre de personnes va exactement au Paradis?

Se Repentir juste avant la Mort

Tout d'abord, le Paradis est la place pour ceux qui se sont repentis juste avant leur mort, et qui ont accepté Jésus-Christ pour être sauvés, comme le criminel qui était pendu à côté de Jésus. Si vous lisez Luc 23 à partir du verset 39, vous allez voir que deux criminels ont été crucifiés de chaque côté de Jésus. Le premier criminel hurlait des insultes à Jésus, mais le second a rabroué le premier, s'est repenti et a accepté Jésus comme son Sauveur. Alors Jésus a dit au second criminel qui s'était repenti *«en vérité Je te le dis, aujourd'hui tu seras avec Moi au Paradis.»*

Ce criminel a simplement accepté Jésus comme son Sauveur. Il n'a pas chassé ses péchés, ni vécu selon la Parole de Dieu. Parce qu'il a accepté le Seigneur juste avant sa mort, il n'a pas pu apprendre la Parole de Dieu ni agir selon elle.

Vous devez réaliser que le Paradis est pour ceux qui ont accepté Jésus-Christ, mais qui n'ont rien fait pour le royaume de Dieu, comme le criminel décrit dans Luc 23.

Cependant, si vous pensez «Je vais accepter le Seigneur juste avant de mourir afin que je sois capable d'aller au Paradis qui est tellement heureux et beau, et qui ne peut pas être comparé avec cette terre.» C'est une idée fausse. Dieu a permis au criminel qui était d'un côté de Jésus d'être sauvé, parce qu'Il savait que le criminel avait un bon cœur pour aimer Dieu jusqu'à la fin, et non pas pour abandonner le Seigneur s'il avait plus de temps à vivre.

Tout le monde ne peut cependant pas accepter le Seigneur juste avant de mourir, et la foi ne peut pas être donnée en un instant. C'est pourquoi vous devez réaliser la rareté d'un tel cas dans lequel le criminel d'un côté de Jésus a été sauvé juste avant sa mort.

Les gens qui ont reçu un salut honteux, ont aussi encore beaucoup de méchanceté dans leurs cœurs, même lorsqu'ils sont sauvés, parce qu'ils ont vécu comme ils le voulaient.

Ils seront reconnaissants à Dieu à jamais uniquement pour le fait qu'ils sont au Paradis et jouissent de la vie éternelle au ciel uniquement en ayant accepté Jésus-Christ comme leur Sauveur, malgré le fait qu'ils n'aient rien fait avec foi sur cette terre

Le Paradis est tellement différent de la Nouvelle Jérusalem où se trouve le Trône de Dieu, mais seul le fait qu'ils n'aient pas été en enfer, mais qu'ils aient été sauvés les rend tellement joyeux et heureux.

Le Manque de Croissance dans la Foi Spirituelle

Deuxièmement, même si les gens ont accepté Jésus-Christ et ont la foi, ils reçoivent le salut honteux et vont au Paradis s'il n'y a pas eu de croissance dans leur foi. Non seulement les nouveaux croyants, mais aussi ceux qui ont cru pour longtemps, doivent aller au Paradis si leur foi demeure en permanence au premier niveau de foi.

Dès que Dieu m'a permis d'entendre la confession d'un croyant qui a été dans la foi pendant longtemps, et qui demeure pour l'instant dans le Lieu d'Attente du ciel à la lisière du Paradis.

Il est né dans une famille qui ne connaissait pas du tout Dieu et qui adorait des idoles, et il a commencé une vie chrétienne plus tard dans sa vie. Cependant, parce qu'il n'avait pas la foi véritable, il a toujours vécu dans les liens du péché et a perdu la vue d'un œil. Il s'est rendu compte de ce qu'était la foi véritable après avoir lu mon livre de témoignage *Goûter à la Vie Eternelle avant La Mort,* s'est engagé dans son église, et plus tard il est allé au ciel après avoir mené une vie chrétienne dans son église.

J'ai pu entendre sa confession, pleine de la joie d'être sauvé parce qu'il est allé au Paradis après avoir souffert tant de regrets, de douleurs et de maladies pendant sa vie sur cette terre.

«Je suis tellement libre et heureux d'être monté ici après m'être dépouillé de ma chair. Je ne sais pas pourquoi j'ai essayé de m'accrocher à des choses charnelles. Elles sont toutes vanité. S'accrocher à des choses charnelles a tellement peu de sens et est totalement inutile, étant donné que je suis monté ici après m'être dépouillé de ma chair.

Durant ma vie sur la terre, il y a eu des moments de joie et de reconnaissance, de déception et de désespoir. Ici, lorsque je me regarde moi-même, dans ce confort et ce bonheur, je me souviens des moments où j'essayais de m'accrocher à la vie sans valeur, et que je demeurais dans cette vie sans valeur. Mais mon âme ne manque de rien maintenant que je suis dans ce lieu confortable, et le fait que je puis être moi-même dans cet endroit de salut me donne une grande joie.

Je suis très confortable ici dans cet endroit. Je suis tellement confortable parce que je me suis dépouillé de ma chair, et je me réjouis de ce que je suis venu dans ce lieu pacifique après une vie harassante sur la terre. Je ne savais vraiment pas que c'était une chose tellement heureuse que de chasser la chair, mais je me sens tellement pacifique et joyeux de m'être dépouillé de cette chair et d'être venu dans cet endroit.

Ne pas être capable de voir, ne pas être capable de marcher, et ne pas être capable de faire de nombreuses autres choses ont été mon défi physique en ce temps-là, mais je suis réjoui et reconnaissant après avoir reçu la vie éternelle et être venu ici, parce que je sens que je puis être dans ce lieu merveilleux à cause de toutes ces choses.

Là où je suis, ce n'est pas le Premier Royaume, le Second Royaume, le Troisième Royaume ni la Nouvelle Jérusalem. Je suis seulement dans le Paradis mais je suis tellement reconnaissant et joyeux d'être au Paradis.

Mon âme est satisfaite avec ceci
Mon âme loue avec ceci.
Mon âme est heureuse avec ceci.
Mon âme est reconnaissante avec ceci.

Je suis joyeux et reconnaissant parce que j'ai achevé la vie destituée et misérable, et que je suis appelé à jouir de cette vie confortable.»

Rétrograder dans la Foi en raison des Epreuves

Dernièrement, il y a certaines personnes qui ont été fidèles, mais qui sont graduellement devenues tièdes dans leur foi pour une variété de raisons, et qui ont reçu leur salut avec peine.

Un homme qui était un ancien dans mon église a servi avec fidélité dans de nombreuses tâches de l'église. Sa foi paraissait donc grande vue de l'extérieur, mais un jour, il est tombé gravement malade. Il ne pouvait même plus parler et est venu pour recevoir ma prière. Au lieu de prier pour la guérison, j'ai prié pour son salut. En ce temps-là, son âme souffrait tellement de la peur du combat entre les anges qui essayaient de l'amener au ciel et les esprits impurs qui essayaient de l'amener en enfer. S'il avait eu assez de foi pour être sauvé, les esprits impurs ne seraient pas venus pour le chercher. J'ai donc immédiatement prié pour chasser les esprits impurs, et j'ai prié Dieu pour qu'il reçoive cet homme. Immédiatement après la prière, il s'est calmé et a versé des larmes. Il s'est repenti juste avant de mourir et a été sauvé de justesse.

De la même manière, même si vous avez reçu le Saint-Esprit et que vous avez été nommé à une position de diacre ou d'ancien, ce serait une honte devant Dieu de vivre dans le péché. Si vous ne vous détournez pas d'une telle vie spirituelle tiède, le Saint-Esprit en vous diminuera graduellement et vous ne serez pas sauvés.

«Écris à l'ange de l'Église de Laodicée: Voici ce que dit l'Amen, le témoin fidèle et véritable, le commencement de la création de Dieu: Je connais tes oeuvres. Je sais que tu n'es ni froid ni bouillant. Puisses-

tu être froid ou bouillant! Ainsi, parce que tu es tiède, et que tu n'es ni froid ni bouillant, je te vomirai de ma bouche.» (Apocalypse 3:14-16)

Pour cela, vous devez réaliser qu'aller au Paradis est un salut tellement honteux, et être plus enthousiastes et vigoureux pour faire mûrir votre foi.

Cet homme avait une fois été guéri dans le passé en recevant ma prière et même sa femme était revenue à la vie de la vallée de l'ombre de la mort au travers de ma prière. En entendant la parole de vie, sa famille qui avait beaucoup de problèmes était devenue une famille heureuse. A partir de ce moment, il a mûri en un ouvrier fidèle de Dieu par ses efforts et il était fidèle dans ses tâches.

Cependant, lorsque l'église a traversé une épreuve, il n'a pas essayé de protéger ni de défendre l'église, mais au contraire, il a permis à Satan de contrôler ses pensées. Les paroles qui sortaient de sa bouche formaient un grand mur de péché entre lui-même et Dieu. Il ne pouvait donc plus être sous la protection de Dieu, et il fut frappé d'une maladie sérieuse.

En tant qu'ouvrier de Dieu, il n'aurait pas dû voir ou écouter quoi que soit qui est contre la vérité et la volonté de Dieu, mais au contraire, il voulait écouter ces choses et les a répandues. Dieu a dû détourner Sa face de lui parce qu'il s'était lui-même détourné de la grande grâce de Dieu, telle que d'avoir été guéri d'une maladie grave.

C'est pourquoi, ses récompenses se sont écroulées et il n'a pas pu trouver la force de prier. Sa foi a régressé et a atteint un point où il ne pouvait même plus être certain d'être sauvé. Heureusement, Dieu s'est souvenu de ses services à l'église dans le passé. Et cet homme a donc pu recevoir un salut honteux étant donné que Dieu lui a donné la grâce de se repentir pour ce qu'il avait fait auparavant.

Plein de Gratitude pour avoir été Sauvé

Quel type de confession peut-il donc faire une fois sauvé et envoyé au Paradis? Parce qu'il a été sauvé à la croisée des chemins entre le ciel et l'enfer, j'ai pu l'entendre confesser avec une paix véritable.

«Je suis sauvé comme ceci. Malgré que je sois au Paradis, je suis satisfait, parce que j'ai été libéré de toute peur et de toutes difficultés. Mon esprit qui aurait pu descendre dans les ténèbres, est arrivé dans cette belle et confortable lumière.»

Combien grande a dû être sa joie lorsqu'il a été libéré de la peur de l'enfer!Cependant, parce qu'il a été honteusement sauvé en tant qu'ancien de l'église, Dieu m'a permis d'entendre sa prière de repentance pendant qu'il attendait dans le Tombeau Supérieur avant d'aller dans le Lieu d'Attente du Paradis. Il s'est repenti de ses péchés là-bas aussi, et il m'a remercié d'avoir prié pour lui. Il a aussi fait un vœu à Dieu de prier sans cesse pour l'église et pour moi qu'il avait servi, jusqu'à ce que nous nous verrons à nouveau dans le ciel.

Depuis le commencement de la culture humaine sur cette terre, il y a eu plus de gens qui ont reçu la qualification pour aller au Paradis que la totalité des gens qui ont été capables d'aller dans un quelconque autre endroit du ciel.

Ceux qui sont sauvés de justesse et qui vont au Paradis sont tellement reconnaissants et heureux à propos du fait d'avoir été capables de jouir du confort et des bénédictions du Paradis, parce qu'ils ne sont pas tombés en enfer, malgré qu'ils n'ont pas mené de véritables vies chrétiennes sur la terre.

Cependant, le bonheur du Paradis ne peut pas être comparé avec celui de la Nouvelle Jérusalem, et il est aussi très différent de celui du niveau supérieur, le Premier Royaume du ciel. Pour cela, vous devez réaliser que ce qui est important pour Dieu n'est pas le nombre d'années de votre foi, mais l'attitude intérieure de votre cœur envers Dieu, et le fait d'agir selon la volonté de Dieu.

Aujourd'hui, beaucoup de gens chutent et vivent selon la nature pécheresse, en confessant qu'ils ont reçu le Saint-Esprit. Ces gens peuvent de justesse recevoir un salut honteux et vont au Paradis, ou éventuellement tombent dans la mort qui est l'enfer parce que le Saint-Esprit en eux va disparaître.

Ou, certains chrétiens «de nom» deviennent arrogants en entendant et en apprenant une grande partie de la Parole de Dieu, et ils jugent et condamnent les autres croyants malgré le fait qu'ils mènent des vies chrétiennes depuis longtemps. Peu importe la manière dont ils sont enthousiastes ou fidèles au sujet du Ministère de Dieu, cela ne leur est d'aucune utilité s'ils ne réalisent pas la méchanceté dans leurs cœurs et ne chassent pas leurs péchés.

Pour cela, je prie au nom du Seigneur que vous, un enfant de Dieu qui a reçu le Saint-Esprit, chassez vos péchés et toute espèce de méchanceté pour lutter et vivre uniquement selon la Parole de Dieu.

Chapitre 7

Le Premier Royaume du Ciel

Tous ceux qui combattent
s'imposent toute espèce d'abstinences,
et ils le font pour obtenir une couronne corruptible;
mais nous, faisons-le pour une couronne incorruptible.
- 1 Corinthiens 9:25

Le Paradis est l'endroit pour ceux qui ont accepté Jésus-Christ, mais qui n'ont rien fait de leur foi. Il est nettement plus beau et plus heureux que cette terre. Alors, combien plus beau doit être le Premier Royaume du ciel, la place pour ceux qui essaient de vivre selon la Parole de Dieu?

Le Premier Royaume est plus près du Trône de Dieu que le Paradis, mais il y a encore beaucoup d'autres endroits meilleurs dans le ciel. Ceux cependant qui entreront dans le Premier Royaume seront satisfaits avec ce qui leur aura été donné et ils se sentiront heureux. C'est comme un poisson rouge qui est satisfait de rester dans son bocal, ne désirant pas autre chose.

Vous allez voir en détail, quel genre d'endroit est le Premier Royaume du ciel, qui est un niveau plus élevé que le Paradis, et quel type de personnes y entrera.

Sa Beauté et son Bonheur
Dépassent le Paradis

Tandis que le Paradis est l'endroit pour ceux qui n'ont rien fait avec leur foi, il n'y aura aucune propriété personnelle ni récompense. A partir du Premier Royaume et au-dessus cependant, des propriétés personnelles telles que des maisons et des couronnes sont données en récompense.

Dans le Premier Royaume, chacun habite dans sa maison et reçoit une couronne qui dure à toujours. C'est déjà une telle gloire en soi de posséder sa propre maison dans le ciel, que chaque personne dans le Premier Royaume ressent un bonheur qui ne peut pas être comparé à celui du Paradis.

Des Maisons Personnelles Superbement Décorées

Les résidences personnelles dans le Premier Royaume ne sont pas des maisons séparées, mais ressemblent à des appartements ou des flats de cette terre. Ils ne sont cependant pas construits avec du ciment ou des briques, mais avec des matériaux célestes superbes tels que l'or et les joyaux.

Ces maisons n'ont pas d'escaliers, mais uniquement de beaux ascenseurs. Sur cette terre, vous devez appuyer sur le bouton, mais au ciel, ils vont automatiquement à l'étage que vous désirez.

Parmi ceux qui ont été au ciel, il y a ceux qui témoignent qu'ils ont vu des appartements dans le ciel, c'est parce qu'ils ont vu le Premier Royaume parmi de nombreux endroits célestes. Ces maisons en forme d'appartements ont tout ce qui est nécessaire pour vivre, il n'y a donc aucun inconvénient.

Il y a des instruments de musique pour ceux qui aiment la musique afin qu'ils puissent en jouer et des livres pour ceux qui aiment lire. Chacun a un endroit personnel où il ou elle peut se reposer, et c'est réellement douillet.

De cette manière, l'environnement dans le Premier Royaume est arrangé selon les préférences du maître. C'est donc un endroit bien plus beau et heureux que le Paradis, et plein de joie et de confort que vous ne pourrez jamais expérimenter sur cette terre.

Des Jardins Publics, des Lacs, des Piscines, et ainsi de suite

Comme les maisons dans le Premier Royaume ne sont pas des maisons individuelles, il y a des jardins publics, des lacs, des piscines et des terrains de golf. C'est comme les gens de ce monde qui vivent dans des appartements, partageant des jardins publics, des courts de tennis ou des piscines.

Ces propriétés publiques ne sont jamais endommagées ou détruites, mais des anges les maintiennent toujours en parfaite condition. Les anges aident les gens à utiliser ces facilités afin qu'il n'y ait absolument aucun inconvénient malgré qu'il s'agisse de propriétés publiques.

Il n'y a pas d'anges qui servent dans le Paradis, mais les gens peuvent bénéficier de l'aide des anges dans le Premier Royaume. Ils ressentent donc une joie et un bonheur très différent ici. Malgré qu'il n'y ait pas d'ange qui appartient à une personne spécifique, il y a des anges qui s'occupent des facilités.

Par exemple, si vous voulez avoir des fruits pendant que vous conversez avec vos bien-aimés, en étant assis sur les rives d'or à côté du Fleuve d'Eau de la Vie, les anges apporteront immédiatement des fruits et vous serviront poliment. Parce qu'il y a des anges qui aident les enfants de Dieu, le bonheur et la joie qui sont ressentis ici sont tellement différents de ceux du Paradis.

Le Premier Royaume est Supérieur au Paradis

Même les couleurs et les senteurs des fleurs, et la brillance et la beauté de la fourrure des animaux sont différentes de celles du Paradis. C'est parce que Dieu a pourvu à toutes choses selon le niveau de foi des gens dans chaque endroit du ciel.

Même les gens sur cette terre ont différents standards de beauté. Les experts floraux par exemple, jugeront de la beauté même d'une seule fleur selon une série de différents critères. Au ciel, les senteurs des fleurs sont différentes dans chaque lieu de repos. Même dans un même endroit, chaque fleur a son parfum unique.

Dieu a pourvu aux fleurs d'une telle manière que les gens du Premier Royaume sentiront le meilleur lorsqu'ils humeront le parfum des fleurs. Bien sûr, les fruits ont des goûts différents dans différents endroits du ciel. Dieu a également pourvu à la couleur et à l'arôme de chaque fruit selon le niveau de chaque lieu de repos.

Comment vous préparez-vous et servez-vous lorsque vous recevez un hôte important? Vous allez essayer de connaître le goût de l'invité de manière à ce que ce soit le plus grand délice pour votre invité.

De la même manière, Dieu a pourvu parfaitement à tout, afin que Ses enfants soient satisfaits en toutes choses.

Quel Type de Gens Va au Premier Royaume?

Le Paradis est l'endroit du ciel pour ceux qui sont au premier niveau de la foi, sauvés en croyant en Jésus-Christ, mais qui n'ont rien fait pour le royaume de Dieu. Alors, quel type de personnes ira dans le Premier Royaume du ciel au-dessus du Paradis, et jouiront de la vie éternelle là-bas?

Les Gens qui Essayent d'Agir selon la Parole de Dieu

Le Premier Royaume du ciel est l'endroit pour ceux qui ont accepté Jésus-Christ et ont essayé de vivre selon la Parole de Dieu. Ceux qui ont simplement accepté le Seigneur viennent à l'église le dimanche et écoutent la Parole de Dieu, mais ils ne savent pas ce qu'est réellement le péché, pourquoi ils doivent prier et pourquoi ils doivent chasser leurs péchés. De la même manière, ceux qui sont au premier niveau de foi ont expérimenté la joie du premier amour, étant nés d'eau et de Saint-Esprit, mais ne réalisent pas ce qu'est le péché et n'ont pas encore découvert leurs péchés.

Si vous atteignez le second niveau de foi cependant, vous réalisez les péchés et la justice, avec l'aide du Saint-Esprit. Vous essayez donc de vivre selon la Parole de Dieu, mais vous ne pouvez pas le faire immédiatement. C'est tout comme un bébé qui apprend à marcher: il va alterner la marche et la chute.

Le Premier Royaume est l'endroit pour ce genre de personnes qui essaient de vivre selon la Parole de Dieu, et la couronne qui subsiste éternellement leur sera donnée. Tout comme les athlètes doivent concourir selon les règles du jeu (2 Timothée 2:5-6), les enfants de Dieu doivent combattre le bon combat de la foi selon la vérité. Si vous ignorez les règles du monde spirituel, qui est la loi de Dieu, tout comme un athlète qui ne respecte pas les règlements, vous avez une foi morte. Alors, vous ne serez pas considéré comme un participant et aucune couronne ne vous sera donnée.

Une couronne est cependant donnée à chacun dans le Premier Royaume, parce qu'ils ont essayé de vivre selon la Parole de Dieu, malgré que leurs œuvres aient été insuffisantes. C'est cependant encore un salut honteux. C'est parce qu'ils n'ont pas vécu entièrement selon la Parole de Dieu, même s'ils ont la foi pour entrer dans le Premier Royaume.

Un Salut Honteux si les Œuvres sont Brûlées

Mais qu'est-ce que alors un « salut honteux » ? Dans 1 Corinthiens 3:12-15, vous pouvez voir que les œuvres de chacun peuvent survivre ou être consumées.

> *« Or, si quelqu'un bâtit sur ce fondement avec de l'or, de l'argent, des pierres précieuses, du bois, du foin, du chaume, l'oeuvre de chacun sera manifestée; car le jour la fera connaître, parce qu'elle se révèlera dans le feu, et le feu éprouvera ce qu'est l'oeuvre de chacun. Si l'oeuvre bâtie par quelqu'un sur le fondement subsiste, il recevra une récompense. Si l'oeuvre de quelqu'un est consumée, il perdra sa récompense; pour lui, il sera sauvé, mais comme au travers du feu. »*

Le « Fondement » se réfère ici à Jésus-Christ et signifie tout ce que vous bâtissez sur ce fondement, votre œuvre sera révélée au travers d'épreuves comme le feu.

D'une part, les œuvres de ceux qui ont la foi comme l'or, l'argent ou les pierres précieuses resteront mêmes dans de rudes épreuves, parce qu'ils agissent selon la Parole de Dieu. D'autre part, les œuvres de ceux qui ont une foi comme du bois, du foin ou du chaume seront consumées en traversant les rudes épreuves parce qu'ils ne peuvent pas agir selon la Parole de Dieu.

Ainsi, pour relier cela aux mesures de foi, l'or est la cinquième (la plus élevée), l'argent la quatrième, les pierres précieuses la troisième, le bois la seconde et le chaume la première (la plus basse) mesure de foi. Le bois et le chaume ont de la vie, et la foi comme le bois signifie que quelqu'un a une foi vivante, mais qu'elle est faible. Le foin cependant est sec et n'a même pas de vie, et il se réfère à ceux qui n'ont pas du tout de foi.

Pour cela, ceux qui n'ont pas de foi du tout n'ont rien à faire avec le salut. Le bois et le chaume, dont les œuvres seront consumées dans de rudes épreuves, appartiennent au salut honteux. Dieu reconnaîtra la foi d'or, d'argent ou de pierres précieuses, mais celles de bois ou de chaume, Il ne le peut pas.

La Foi sans les Œuvres est Morte

Certains pourraient penser «J'ai été chrétien pendant longtemps, je dois donc avoir dépassé le premier niveau de foi et je puis au moins entrer dans le Premier Royaume.» Cependant, si vous avez une foi véritable, vous vivrez certainement selon la Parole de Dieu. De la même manière, si vous transgressez la loi et que vous ne chassez pas vos péchés, le Premier Royaume, et peut être même le Paradis seront hors de votre portée.

La Bible vous demande dans Jacques 2:14, *«Mes frères, que sert-il à quelqu'un de dire qu'il a la foi, s'il n'a pas les oeuvres? La foi peut-elle le sauver?»* Si vous n'avez pas d'œuvres, vous ne serez pas sauvés. La foi sans les œuvres est morte. Ceux donc qui ne combattent pas le péché ne peuvent pas être sauvés parce qu'ils sont pareils à un homme qui a reçu une mine et qui l'a gardée cachée dans un linge. (Luc 19:20-26)

La «mine» représente ici le Saint-Esprit. Dieu donne le

Saint-Esprit comme un don à ceux qui ouvrent leur cœur et acceptent Jésus-Christ comme leur Seigneur et leur Sauveur personnel. Le Saint-Esprit vous permet de réaliser ce qu'est le péché, la justice et le jugement, et Il vous aide à être sauvé et à aller au ciel.

D'une part, si vous confessez votre foi en Dieu mais que vous ne circoncisez pas votre cœur en ne suivant pas les désirs du Saint-Esprit et en n'agissant pas selon la vérité, alors, le Saint-Esprit ne doit pas demeurer dans votre cœur. D'autre part, si vous chassez vos péchés et agissez selon la Parole de Dieu avec l'aide du Saint-Esprit, vous pouvez ressembler au cœur de Jésus-Christ qui est la vérité même.

C'est pourquoi, les enfants de Dieu qui ont reçu le Saint-Esprit comme un don doivent sanctifier leurs cœurs et porter le fruit du Saint-Esprit pour atteindre le salut parfait.

Physiquement Fidèle mais Spirituellement Incirconcis

Dieu m'a un jour révélé un frère qui était mort et était parti dans le Premier Royaume, et il me montra l'importance de la foi accompagnée d'œuvres. Il a servi en qualité de membre du Département Financier de l'église pendant 18 ans, sans trahir dans son cœur. Il était aussi fidèle dans d'autres œuvres de Dieu et il reçut le titre d'ancien. Il a essayé de porter du fruit dans différentes affaires, et il a donné gloire à Dieu, en posant souvent la question «Comment puis-je accomplir le royaume de Dieu plus efficacement?»

Cependant, il n'a pas connu le succès parce que parfois il a disgracié Dieu en ne suivant pas le bon chemin à cause de ses pensées charnelles et de son cœur qui cherchait souvent son propre intérêt. Il faisait aussi des remarques malhonnêtes, se fâchait avec d'autres personnes, et désobéissait à la Parole de Dieu sous divers aspects.

En d'autres termes, parce qu'il était physiquement fidèle, mais n'avait pas circoncis son cœur – ce qui est la chose la plus importante – il est resté au second niveau de foi. De plus, si ses problèmes financiers et relationnels avaient persisté, il n'aurait pas gardé la foi, mais se serait compromis avec l'injustice.

A la fin, parce que la rétrogradation de sa foi ne lui aurait peut être même pas permis d'entrer au Paradis, Dieu a appelé son âme au temps le plus opportun.

Au travers de la communication spirituelle après sa mort, il a exprimé sa gratitude et s'est repenti de beaucoup de choses. Il s'est repenti d'avoir blessé les sentiments de serviteurs en ne suivant pas la vérité, d'avoir été une occasion de chute pour les autres, d'avoir offensé les autres et de ne pas avoir agi même après avoir entendu la Parole de Dieu. Il a aussi avoué qu'il avait toujours ressenti de la pression parce qu'il ne s'était pas repenti de ses erreurs correctement pendant qu'il était sur cette terre, mais maintenant, il était heureux parce qu'il pouvait confesser ses erreurs.

Il a dit aussi qu'il était reconnaissant de ne pas avoir terminé au Paradis en tant qu'ancien. Il était cependant encore honteux d'être au Premier Royaume en tant qu'ancien, mais il se sentait bien mieux, parce que le Premier Royaume est bien plus glorieux que le Paradis.

Etant donné tout cela, vous devez réaliser que la chose la plus importante est de circoncire votre cœur, plutôt que la fidélité physique et les titres.

Dieu Conduit Ses Enfants vers un Meilleur Ciel au travers d'Epreuves

Tout comme il faut un entraînement intensif et beaucoup d'heures de pratique à un athlète pour gagner, vous devez aussi faire face à des épreuves pour aller vers de meilleurs lieux de repos au ciel. Dieu permet les épreuves à Ses enfants, pour les conduire vers de meilleures places dans le ciel, et les épreuves peuvent être divisées en trois catégories.

Tout d'abord, il y a des épreuves pour chasser les péchés. Afin de devenir de véritables enfants de Dieu, vous devez vous battre contre le péché au point de verser votre sang, afin que vous puissiez complètement chasser les péchés. Dieu punit cependant parfois Ses enfants parce qu'ils ne chassent pas leurs péchés, mais continuent à vivre dans le péché (Hébreux 12:6). Tout comme les parents punissent parfois leurs enfants pour les conduire sur le droit chemin, Dieu permet parfois aussi des épreuves à Ses enfants, afin qu'ils deviennent parfaits.

Deuxièmement, il y a des épreuves pour former le bon vase et de donner des bénédictions. David, alors qu'il était un jeune garçon a sauvé ses brebis en tuant un ours et un lion qui prenaient son troupeau. Il avait une foi tellement grande, qu'il a tué Goliath que craignait toute l'armée d'Israël, avec une fronde et une pierre, en s'appuyant sur uniquement sur Dieu. La raison pour laquelle il a encore dû subir des épreuves, par exemple en étant poursuivi par le roi Saül, est parce que Dieu a permis ces épreuves afin de faire de David un grand vase et un grand roi.

Troisièmement, il y a des épreuves pour mettre fin à la somnolence, parce que les gens peuvent s'éloigner de Dieu lorsqu'ils sont en paix. Il y a par exemple, des gens qui sont fidèles au royaume de Dieu, et qui reçoivent pour cela des récompenses financières. Alors, ils s'arrêtent de prier et leur enthousiasme pour Dieu se refroidit. Si Dieu les laissait comme ils étaient, ils pourraient tomber dans la mort. Il leur envoie donc des épreuves afin qu'ils puissent à nouveau discerner.

Vous devez chasser vos péchés, agir avec justice, et être des vases propres aux yeux de Dieu en réalisant le cœur de Dieu qui permet les épreuves de la foi. J'espère que vous recevrez les merveilleuses bénédictions que Dieu a préparées pour vous.

Certains pourraient dire, «Je veux changer, mais ce n'est pas facile, même si j'essaie.» Ils ne disent cependant pas ces choses parce que c'est réellement dur de changer, mais plutôt parce qu'ils manquent de sérieux et de passion dans le fond de leur cœur pour changer.

Si vous réalisez réellement la Parole de Dieu spirituellement, et essayez de changer du plus profond de votre cœur, vous pouvez changer rapidement parce que Dieu vous donne la grâce et la force de le faire. Le Saint-Esprit, bien sûr, vous aide aussi tout au long du chemin. Si vous connaissez seulement la Parole de Dieu dans votre tête en tant que simple connaissance, mais que vous n'agissez pas selon celle-ci, vous allez probablement devenir fiers et vaniteux, et ce sera dur pour vous d'être sauvés.

C'est pourquoi, je prie au nom du Seigneur que vous ne perdrez pas la passion et la joie de votre premier amour et que vous continuerez à suivre le désir du Saint-Esprit afin que vous possédiez une meilleure place au ciel.

Chapitre 8

Le Second Royaume du Ciel

Paissez le troupeau de Dieu qui est sous votre garde,
non par contrainte, mais volontairement, selon Dieu;
non pour un gain sordide,
mais avec dévouement;
non comme dominant sur
ceux qui vous sont échus en partage,
mais en étant les modèles du troupeau.
Et lorsque le souverain pasteur paraîtra,
vous obtiendrez la couronne
incorruptible de la gloire.

- 1 Pierre 5:2-4

D'une part, peu importe combien vous entendez parler du ciel, cela ne vous sera d'aucune utilité si vous ne le réalisez pas dans votre cœur, parce que vous ne pouvez pas le croire. Tout comme un oiseau ramasse une semence le long du chemin, l'ennemi Satan et le diable vous prennent la Parole du ciel (Matthieu 13:19).

D'autre part, si vous écoutez la Parole de Dieu concernant le ciel et que vous la saisissez, vous pouvez vivre une vie de foi et d'espérance et produire une moisson qui portera trente, soixante, ou cent fois ce qui a été semé. Puisque vous pouvez agir selon la Parole de Dieu, vous pouvez non seulement accomplir votre tâche, mais aussi être sanctifiés et fidèles dans toute la maison de Dieu. Alors, quel genre d'endroit est le Second Royaume du ciel et quel type de personnes ira là-bas?

Une Belle Maison Individuelle Donnée à Chacun

J'ai déjà expliqué que ceux qui vont au Paradis ou au Premier Royaume sont honteusement sauvés parce que leurs oeuvres ne peuvent pas subsister lorsqu'elles traversent de rudes épreuves. Ceux qui arrivent au Second Royaume cependant, possèdent le type de foi qui traverse les rudes épreuves et reçoivent des récompenses qui ne peuvent pas être comparées à celles données au Paradis ou au Premier Royaume, selon la justice de Dieu qui récompense ce qui a été semé.

C'est pourquoi, si le bonheur de celui qui va au Premier Royaume peut être comparé à celui d'un poisson rouge dans son bocal, le bonheur de celui qui va au Second Royaume peut être comparé à celui d'une baleine dans le vaste Océan Pacifique.

Regardons maintenant les caractéristiques du Second Royaume, en nous concentrant sur les maisons et la vie.

Une Maison Individuelle d'un Etage Donnée à Chacun

Les maisons du Premier Royaume sont comme des appartements, mais celles du Second Royaume sont des constructions individuelles à un étage complètement indépendantes. Les maisons dans le Second Royaume ne peuvent être comparées à aucune belle maison ou villa ou résidence d'été

146

de ce monde. Elles sont vastes, belles et sont décorées selon la mode avec des fleurs et des arbres.

Si vous allez au Second Royaume, vous recevrez non seulement la maison, mais aussi votre objet favori. Si vous désirez une piscine, vous en recevrez une merveilleusement décorée avec de l'or et toutes sortes de joyaux. Si vous voulez un beau lac, vous recevrez un lac. Si vous désirez une salle de bal, on vous donnera aussi une salle de bal. Si vous désirez vous promener, vous recevrez une merveilleuse route pleine de merveilleuses fleurs et de plantes parmi lesquelles jouent de nombreux animaux.

Cependant, si vous désirez avoir toutes ces choses, la piscine, le lac, la salle de bal, la route et ainsi de suite, vous ne pouvez en recevoir qu'une que vous aimez le plus. Parce que les choses que les gens possèdent dans le Second Royaume sont différentes, ils se rendent visite les uns les autres dans leurs maisons et se réjouissent ensemble de ce qu'ils possèdent.

Si quelqu'un qui possède une salle de bal mais pas de piscine, désire nager, il peut aller chez son voisin qui possède une piscine et se réjouir. Au ciel, les gens se servent les uns les autres et ne sont jamais dérangés et ne rejettent jamais un visiteur. Au contraire, ils seront encore plus joyeux et heureux. Si vous voulez donc jouir de quelque chose, vous pouvez visiter vos voisins et jouir de ce qu'ils ont.

De la même manière, le Second Royaume est bien mieux que le Premier Royaume dans tous les aspects. Il ne peut bien sur pas être comparé à la Nouvelle Jérusalem. Ils n'ont pas d'anges qui servent chaque enfant de Dieu. La taille, la beauté et la splendeur des maisons sont tellement différentes et les matériaux, couleurs et éclat des joyaux qui décorent ces maisons sont aussi différents.

Une Porte avec une Merveilleuse Lampe

Une maison dans le Second Royaume est un building à un seul étage avec une plaque de porte. Cette plaque indique le nom du propriétaire de la maison, et dans certains cas spéciaux, elle mentionne l'église dans laquelle le propriétaire a servi. Cela est écrit sur cette plaque de porte de laquelle brillent de magnifiques et belles lampes qui éclairent le nom du propriétaire écrites avec des caractères célestes qui ressemblent à de l'hébreu ou de l'arabe. Les gens du Second Royaume diront et envieront «Oh!Ceci est la maison d'un tel qui a servi telle église!»

Pourquoi le nom de l'église sera-t-elle spécifiquement mentionnée? Dieu fait cela afin que ce nom soit la fierté et la gloire de ces membres qui ont servi l'église qui aura bâti le Grand Sanctuaire pour recevoir le Seigneur lors de sa Seconde Venue dans les airs.

Les maisons dans le Troisième Royaume et dans la Nouvelle Jérusalem n'ont cependant pas de plaque de porte. Il n'y a pas beaucoup de personnes dans chacun de ces royaumes et au travers de l'unique parfum et de la lumière qui sortent de chaque maison, vous pouvez reconnaître à qui elles appartiennent.

Se Sentant Désolé de ne pas avoir été Entièrement Sanctifié

Certains pourraient se poser la question, «cela ne sera-t-il pas un inconvénient dans le ciel que les gens du Paradis n'ont pas de maison individuelle et que dans le Second Royaume ils ne peuvent posséder qu'une seule chose?» Au ciel cependant, il n'y a rien d'insuffisant ou qui donne un inconvénient. Les gens ne se sentent jamais mal à l'aise parce qu'ils vivent ensemble. Ils ne sont pas égoïstes pour ne pas partager leurs biens avec les autres.

Ils sont seulement heureux d'être capables de partager leurs biens avec les autres et considèrent cela comme une source de grand bonheur.

Ils n'ont jamais, non plus, de regrets de n'avoir qu'un seul bien personnel et ne deviennent jamais envieux de ce que possèdent les autres. Au contraire, ils sont toujours profondément touchés et reconnaissants à Dieu le Père de leur avoir donné beaucoup plus qu'ils ne le méritent, et ils sont toujours satisfaits dans une joie et un bonheur qui ne changent pas.

La seule chose pour laquelle ils ont un regret, est le fait qu'ils n'ont pas fait assez d'efforts et ne sont pas parvenus à être totalement sanctifiés tandis qu'ils vivaient sur cette terre. Ils regrettent et se sentent honteux de se tenir devant Dieu parce qu'ils n'ont pas chassé tout le mal en eux. En plus, lorsqu'ils voient ceux qui sont allés dans le Troisième Royaume ou dans la Nouvelle Jérusalem, ils ne les envient pas pour leurs grandes maisons et leurs glorieuses récompenses, mais regrettent seulement de ne pas s'être totalement sanctifiés.

Parce que Dieu est juste, il vous fait moissonner ce que vous semez, et Il vous récompense selon ce que vous avez fait. C'est pourquoi, Il vous donne une demeure et des récompenses dans le ciel dans la mesure où devenez sanctifiés et êtes fidèles sur cette terre. Selon la mesure où vous vivez selon la Parole de Dieu, il vous récompensera pleinement et merveilleusement.

Si vous avez vécu complètement selon la Parole de Dieu, Il vous donnera tout ce que vous désirez au ciel à 100%. Cependant, si vous ne vivez pas entièrement selon la Parole de Dieu, Il vous récompensera seulement selon ce que vous aurez fait, mais malgré tout abondamment.

C'est pourquoi, peu importe le niveau du ciel où vous entrez, vous serez toujours reconnaissants à Dieu de vous avoir donné beaucoup plus que ce que vous avez fait sur cette terre, et de vivre éternellement dans le bonheur et la joie.

La Couronne de Gloire

Dieu, qui récompense abondamment, donne une couronne impérissable à ceux du Premier Royaume. Quel genre de couronne est donnée à ceux du Second Royaume?

Malgré qu'ils ne fussent pas totalement sanctifiés, ils ont donné gloire à Dieu en accomplissant leurs tâches. Ils recevront donc la couronne de gloire. Si vous lisez 1 Pierre 5:2-4, vous voyez que la couronne de gloire est la récompense qui est donnée à ceux qui ont montré l'exemple en vivant fidèlement selon la Parole de Dieu.

> *«Paissez le troupeau de Dieu qui est sous votre garde, non par contrainte, mais volontairement, selon Dieu; non pour un gain sordide, mais avec dévouement; non comme dominant sur ceux qui vous sont échus en partage, mais en étant les modèles du troupeau. Et lorsque le souverain pasteur paraîtra, vous obtiendrez la couronne incorruptible de la gloire.»*

La raison pour laquelle il écrit «la couronne incorruptible de la gloire», est parce qu'au ciel, chaque couronne est éternelle et ne disparaît jamais. Vous serez capables de réaliser que le ciel est un endroit tellement parfait où tout est éternel et même une couronne est incorruptible.

Quel Type de Personnes Va au Second Royaume?

Autour de Séoul, la capitale de la république de Corée, il y a des villes satellites, et autour de ces villes il y a de petites villes. De la même manière, au ciel, autour du Troisième Royaume du ciel qui contient la Nouvelle Jérusalem, il y a le Second Royaume, le Premier Royaume et le Paradis.

Le Premier Royaume est l'endroit pour ceux qui sont au second niveau de foi et qui essaient de vivre selon la Parole de Dieu. Quel type de personnes ira dans le Second Royaume? Des gens au troisième niveau de foi qui peuvent vivre selon la Parole de Dieu finissent au Second Royaume. Examinons maintenant dans les détails quel type de personnes va au Second Royaume.

Le Second Royaume:
La Place des Gens qui ne sont pas Entièrement Sanctifiés

Vous pouvez aller au Second Royaume si vous vivez selon la Parole de Dieu et accomplissez votre tâche, mais votre cœur n'est pas encore entièrement sanctifié.

Si vous êtes beau, intelligent et sage, vous voudrez assurément que vos enfants vous ressemblent. De la même manière Dieu, qui est saint et parfait, veut que Ses véritables enfants Lui ressemblent. Il veut des enfants qui l'aiment et qui gardent Ses commandements – qui obéissent aux commandements de Dieu parce qu'ils l'aiment et non pas par sens du devoir. Tout comme vous feriez même une chose très difficile si vous aimez vraiment quelqu'un, si vous aimez vraiment Dieu dans votre cœur, vous pouvez garder chacun de Ses commandements avec joie dans votre cœur.

Vous allez obéir inconditionnellement avec joie et reconnaissance, gardant ce qu'Il vous demande de garder, et chassant ce qu'Il vous demande de chasser, ne faisant pas ce qu'Il vous interdit, et faisant ce qu'Il vous dit de faire. Ceux cependant, qui sont au troisième niveau de foi, ne peuvent pas agir selon la Parole de Dieu avec une joie complète et des remerciements dans leur cœur, parce qu'ils n'ont pas encore atteint ce niveau d'amour.

Dans la Bible, il y a les œuvres de la nature pécheresse (Galates 5:19-21), et les désirs de la nature pécheresse (Romains 8:5). Lorsque vous agissez selon la méchanceté qui est dans votre cœur, cela est appelé les œuvres de la nature pécheresse. La nature du péché que vous avez dans votre cœur, mais qui n'a pas encore été manifestée à l'extérieur est appelée désirs de la nature pécheresse.

Ceux qui sont au troisième niveau de foi ont déjà chassé toutes les œuvres de la nature pécheresse qui sont visibles extérieurement, mais ils ont toujours les désirs de la nature pécheresse dans leurs cœurs. Ils gardent ce que Dieu leur demande de garder, chassent ce que Dieu leur demande de chasser, ne font pas ce que Dieu leur interdit et font ce que Dieu leur demande de faire. Cependant, le mal n'est pas entièrement enlevé de leurs cœurs.

De la même manière, si vous accomplissez votre tâche avec votre cœur, n'étant pas entièrement sanctifié, vous pouvez aller au Second Royaume. «Sanctification» se réfère à l'état dans lequel vous avez chassé toutes espèces de méchanceté et que vous n'avez que la bonté dans votre cœur.

Par exemple, disons qu'il y a une personne que vous haïssez. Maintenant, vous avez entendu la Parole de Dieu «Ne haïssez pas,» et vous avez essayé de ne pas le haïr. La conséquence est que vous ne le haïssez pas maintenant. Cependant, si vous ne l'aimez pas véritablement dans votre cœur, vous n'êtes pas encore sanctifié.

C'est pourquoi, pour grandir vers le quatrième niveau de foi au départ du troisième, il est crucial que vous fassiez tous vos efforts pour chasser les péchés au point de verser le sang.

Les Gens qui ont Accompli la Tâche avec la Grâce de Dieu

Le Second Royaume est l'endroit pour ceux qui n'ont pas accompli une totale sanctification de leurs cœurs, mais qui ont accompli les tâches données par Dieu. Considérons le type de personnes qui va au Second Royaume en regardant le cas d'un membre qui est mort pendant qu'il servait l'église Centrale Manmin.

Elle a rejoint avec son mari, l'église Centrale Manmin l'année de sa fondation. Elle souffrait d'une maladie sérieuse mais elle fut guérie en recevant ma prière, et les membres de sa famille devinrent des croyants. Ils mûrirent dans leur foi, et elle devint une diaconesse, son mari un ancien et leurs enfants ont grandi et servent le Seigneur en tant que serviteurs, une épouse de pasteur et un missionnaire de louanges.

Elle a cependant failli dans sa tâche de chasser toute espèce de mal et d'accomplir convenablement son travail, mais elle s'est repentie par la grâce de Dieu, a bien accompli son travail et est morte. Dieu m'a révélé qu'elle allait demeurer dans le Second Royaume du ciel et Il m'a permis d'avoir une communication avec elle en esprit.

Lorsqu'elle est allée au ciel, la chose pour laquelle elle a ressenti le plus de regret est le fait qu'elle n'avait pas rejeté tous ses péchés afin d'être totalement sanctifiée, et aussi le fait qu'elle n'avait réellement fait aucune confession, ni remercié de tout son cœur son berger qui avait prié pour sa guérison et qui l'avait conduite avec amour.

Elle avait aussi pensé que considérant ce qu'elle avait accompli avec sa foi, comment elle avait servi le Seigneur, et les paroles qu'elle avait prononcées de sa bouche, elle ne pouvait aller qu'au Premier Royaume. Cependant, alors qu'il ne lui restait que peu de temps sur cette terre, au travers de la prière aimante de son berger, et de ses œuvres qui ont plu à Dieu, sa foi a rapidement grandi et elle fut capable d'entrer dans le Second Royaume.

Sa foi a en fait grandi rapidement avant sa mort. Elle s'est concentrée sur la prière et a livré des milliers de journaux de l'église dans son voisinage. Elle n'a pas regardé à elle-même, mais a uniquement servi le Seigneur avec fidélité.

Elle m'a parlé de la maison dans laquelle elle allait habiter dans le ciel. Elle m'a dit que malgré que ce n'était qu'une maison à un étage, elle est décorée tellement merveilleusement avec de magnifiques arbres et fleurs, et elle est tellement vaste et belle qu'elle ne peut être comparée avec aucune maison sur cette terre.

Bien sûr, comparée aux maisons dans le Troisième Royaume ou la Nouvelle Jérusalem, c'est comme une hutte de paille. Mais elle était tellement reconnaissante et satisfaite, parce qu'elle ne méritait pas de l'avoir. Elle voulait donner le message suivant à sa famille afin qu'ils aillent dans la Nouvelle Jérusalem.

«Le ciel est divisé avec une telle précision. La gloire et la lumière sont tellement différentes à chaque endroit, c'est pourquoi, je les presse et je les encourage encore et encore d'entrer dans la Nouvelle Jérusalem. Je voudrais dire aux membres de ma famille qui sont encore sur cette terre combien honteux cela est de ne pas avoir chassé tous nos péchés lorsque nous rencontrons notre Père Dieu dans le ciel. Les récompenses que Dieu donne à ceux qui vont à la Nouvelle Jérusalem et la grandeur des maisons sont enviables, mais je voudrais leur dire combien regrettable et honteux cela est de ne pas avoir chassé toute espèce de méchanceté devant Dieu. Je voudrais donner ce message aux membres de ma famille afin qu'ils chassent toute espèce de méchanceté et entrent dans les merveilleuses positions de la Nouvelle Jérusalem.»

Etant donné cela, je vous presse de réaliser combien précieux et valable est le fait de sanctifier votre cœur et de consacrer votre vie de chaque jour au royaume de Dieu et à Sa justice, avec l'espérance du ciel, afin que vous soyez capables d'avancer énergiquement vers la Nouvelle Jérusalem.

Des Gens Fidèles en tout, mais qui Désobéissent à cause de leur Propre Fausse Structure de la Justice

Voyons maintenant le cas d'un autre membre qui a aimé le Seigneur et qui a accompli sa tâche fidèlement, mais qui n'a pas pu aller au Troisième Royaume à cause de quelques déficiences de sa foi.

Elle est venue à l'église Centrale Manmin pour la maladie de son mari, et est devenue un membre très actif. Son mari fut amené à l'église sur une civière, mais sa douleur disparut, et il fut capable de se lever et de marcher. Imaginez combien elle avait été reconnaissante et joyeuse!Elle était toujours reconnaissante à Dieu qui avait guéri la maladie de son mari et à son pasteur qui a prié avec amour. Elle est toujours restée fidèle. Elle a prié pour le royaume de Dieu, et elle a prié avec reconnaissance pour son berger en tout temps, tandis qu'elle était assise, marchait ou se tenait debout et même pendant qu'elle cuisinait.

En plus, parce qu'elle aimait les frères et les sœurs en Christ, elle réconfortait les autres plutôt que d'être elle-même réconfortée, elle a encouragé et pris soin des autres croyants. Elle ne voulait que vivre selon la Parole de Dieu et elle a essayé de chasser tous ses péchés au point de verser le sang. Elle n'a jamais envié ou recherché les possessions terrestres, mais s'est concentrée à prêcher l'évangile à ses voisins.

Parce qu'elle était tellement fidèle au royaume de Dieu, mon cœur a été inspiré par le Saint-Esprit à la vue de sa loyauté et je lui ai demandé de prendre la charge de mon culte de l'église. J'avais la foi que si elle accomplissait sa tâche fidèlement, tous les membres de sa famille, y compris son mari arriveraient à la foi spirituelle.

Cependant, elle n'a pas pu pas obéir parce qu'elle regardait à ses circonstances et était consumée par ses pensées charnelles. Un peu plus tard, elle est morte. Mon cœur était brisé, et pendant que je priais Dieu, j'ai pu entendre sa confession au travers de la communication spirituelle.

« Même si je me repens et me repens encore de ne pas avoir obéi à mon berger, on ne peut remonter le temps. C'est pourquoi, je ne prie que pour le royaume de Dieu et pour mon berger, de plus en plus. Il y a une chose que je dois dire à mes chers frères et sœurs, c'est que tout ce que le berger demande est la volonté de Dieu. C'est le plus grand péché que de désobéir à la volonté de Dieu, et avec cela, la colère est le plus grand péché. A cause de ceci, les gens rencontrent des difficultés, et on m'a ordonné de ne pas me mettre en colère, mais d'humilier mon cœur et de lutter pour obéir de tout mon cœur. Je suis devenue une personne qui sonne la trompette du Seigneur. Le jour où je vais recevoir mes chers frères et sœurs arrive bientôt. J'espère simplement avec ardeur, que mes chers frères et sœurs aient le discernement et ne manquent de rien afin qu'ils puissent s'attendre à ce jour. »

Elle a confessé beaucoup plus, et elle m'a dit que la raison pour laquelle elle ne pouvait aller au Troisième Royaume était sa désobéissance.

«Il y avait quelques choses auxquelles j'ai désobéi jusqu'à ce que je vienne dans ce royaume. J'ai parfois dit, «Non, Non, Non» pendant que j'écoutais les messages. Je n'ai pas accompli correctement ma tâche. Parce que j'ai cru que je pourrais accomplir mon travail lorsque mes circonstances allaient s'améliorer, j'ai utilisé mes pensées charnelles. C'était une si grande erreur devant la face de Dieu.»

Elle a aussi dit qu'elle avait envié des serviteurs de Dieu et ceux qui avaient la charge des finances de l'église chaque fois qu'elle les voyait, croyant que leurs récompenses dans le ciel seront tellement grandes. Elle a cependant confessé cela lorsque elle est partie au ciel, ce qui n'est généralement pas le cas.

«Non, Non, Non! Uniquement ceux qui agissent selon la volonté de Dieu recevront les grandes récompenses et bénédictions. Si les leaders font une erreur, c'est un péché beaucoup plus grand qu'un membre ordinaire qui fait une erreur. Ils doivent prier plus. Les leaders doivent être plus fidèles. Ils doivent enseigner mieux. Ils doivent avoir la capacité de discerner. C'est pourquoi il est écrit dans l'un des évangiles qu'un aveugle conduit un autre aveugle. La signification de la parole «que tous n'enseignent pas». Quelqu'un sera béni s'il essaye de faire de son mieux à son poste. Maintenant, le jour où nous nous rencontrerons en tant qu'enfants de Dieu dans le royaume éternel est proche. C'est pourquoi, tous doivent chasser toutes les œuvres de la nature pécheresse, devenir justes et avoir les qualifications correctes en tant qu'épouse du Seigneur, sans aucune honte lorsqu'ils paraîtront devant Dieu.

Pour cela, vous devez réaliser combien il est important d'obéir, non par sens du devoir, mais à cause de la joie dans le fond de votre cœur et de votre amour pour Dieu, et de sanctifier votre cœur. De plus, vous ne devez pas être uniquement un visiteur de l'église, mais vous devez vous examiner vous-mêmes afin de savoir dans quel genre de royaume du ciel vous pouvez entrer si le Père appelait votre âme maintenant.

Vous devez essayer d'être fidèles dans toutes vos tâches et vivre selon la Parole de Dieu, afin que vous soyez totalement sanctifiés et que vous possédiez toutes les qualifications pour entrer dans la Nouvelle Jérusalem.

1 Corinthiens 15:41 nous dit que la gloire que chacun recevra dans le royaume sera différente. Elle dit *«Autre est l'éclat du soleil, autre l'éclat de la lune, et autre l'éclat des étoiles; même une étoile diffère en éclat d'une autre étoile.»*

Tous ceux qui sont sauvés jouiront de la vie éternelle au ciel. Cependant, certains demeureront au Paradis tandis que certains autres seront dans la Nouvelle Jérusalem, tous selon la mesure de leur foi. La différence en gloire est tellement grande qu'elle est inexprimable.

Pour cela, je prie au nom du Seigneur que vous ne demeuriez pas dans la foi pour être à peine sauvés, mais que comme le fermier qui a vendu tous ses biens pour acheter le champ et déterrer le trésor, vous viviez selon la Parole de Dieu complètement et que vous chassiez toute espèce de méchanceté afin que vous puissiez entrer dans la Nouvelle Jérusalem et demeurer dans une gloire qui brille plus que le soleil.

Chapitre 9

Le Troisième Royaume du Ciel

Heureux l'homme qui supporte patiemment la tentation
Car après avoir été éprouvé,
Il recevra la couronne de la vie
Que le Seigneur a promise à ceux qui l'aiment.

- Jacques 1:12

Dieu est Esprit, Il est la bonté, la lumière et l'amour mêmes. C'est pourquoi Il veut que Ses enfants chassent tous leurs péchés et toute espèce de méchanceté. Jésus qui est venu dans ce monde dans la chair humaine n'a pas de blâme parce qu'Il est Dieu Lui-même. Alors, quel type de personne devez-vous être pour devenir une épouse qui recevra le Seigneur?

Pour devenir le véritable enfant de Dieu et une épouse pour le Seigneur qui partagera le véritable amour avec Dieu éternellement, vous devez ressembler au cœur entier de Dieu et vous sanctifier en chassant toutes espèces de méchanceté.

Le Troisième Royaume du ciel, qui est la place pour ce type d'enfants de Dieu qui sont saints et qui ressemblent au cœur de Dieu, est tellement différent du Second Royaume. Parce que Dieu hait le mal et aime tant la bonté, Il traite Ses enfants qui sont sanctifiés d'une manière très spéciale. Quel genre d'endroit est alors le Troisième Royaume et de quelle manière devez-vous aimer

Dieu pour y accéder?

Les Anges Servent Chaque Enfant de Dieu

Les maisons dans le Troisième Royaume sont tellement plus merveilleuses et éclatantes que les maisons à un étage dans le Second Royaume et cela au-delà de toute comparaison. Elles sont décorées avec tant d'espèces de joyaux et ont toutes les facilités que les propriétaires désirent.

De plus, à partir du Troisième Royaume, des anges qui servent chaque personne seront attribués, et ils aimeront et adoreront leur maître et le ou la serviront avec uniquement les meilleures choses.

Des Anges qui servent Personnellement

Il est écrit dans Hébreux 1:14, *«Ne sont-ils pas tous des esprits au service de Dieu, envoyés pour exercer un ministère en faveur de ceux qui doivent hériter du salut?»* Les anges sont des êtres entièrement spirituels. Ils ressemblent aux êtres humains de par leur forme en tant que création de Dieu, mais ils n'ont pas de chair ni d'os, et ils n'ont rien à voir avec le mariage ou la mort. Ils n'ont pas de personnalité comme les êtres humains, mais leur connaissance et leur puissance sont beaucoup plus grandes que celles des êtres humains. (2 Pierre 2:11).

Comme Hébreux 12:22 nous parle de «myriades de myriades d'anges», il y a un nombre incalculable d'anges dans le ciel. Dieu a créé un ordre et une hiérarchie parmi les anges, assignés à différentes tâches, et leur a donné une autorité différente selon leur tâche.

Il y a donc des différences parmi les anges, telles que ange, armée céleste et archange. Gabriel par exemple, qui sert en qualité d'officier civil, vient vers vous avec les réponses à vos prières ou les révélations et les plans de Dieu. (Daniel 9:21-23; Luc 1:19, 1:26-27). L'archange Michael qui est comme un officier militaire de l'armée céleste. Il dirige les combats contre les esprits impurs, et parfois lui-même brise les lignes de front des ténèbres (Daniel 10:13-14, 10:21; Jude 1:9; Apocalypse 12:7-8).

Parmi ces anges, il y en a qui servent leurs maîtres personnellement. Au Paradis, au Premier Royaume et au Second Royaume, il y a des anges qui aident parfois les enfants de Dieu, mais il n'y en a aucun qui servent le maître personnellement. Il y a uniquement les anges qui prennent soin de l'herbe, ou des routes fleuries ou des facilités publiques pour faire en sorte qu'il n'y ait aucun obstacle et il y a des anges qui délivrent les messages de Dieu.

Mais pour ceux qui sont dans le Troisième Royaume ou la Nouvelle Jérusalem, des anges personnels sont donnés en récompense parce qu'ils ont aimé Dieu et lui ont tant fait plaisir. Le nombre d'anges attribués à chacun sera aussi différent selon la manière dont chacun ressemble à Dieu et Lui a plu dans l'obéissance.

Si quelqu'un a une grande maison dans la Nouvelle Jérusalem, un nombre incalculable d'anges lui sera donné, parce que cela signifie que le propriétaire ressemble au cœur de Dieu et aura conduit beaucoup de gens vers le salut. Il y aura des anges qui s'occuperont de la maison, certains anges qui s'occuperont des facilités et des choses qui seront données en récompense, et d'autres anges qui servent le maître en privé. Il y aura seulement tellement d'anges.

Si vous allez dans le Troisième Royaume, non seulement vous aurez des anges pour vous servir en privé, mais aussi des anges qui prennent soin de votre maison, et des anges qui s'occupent des invités et qui les aident. Vous serez tellement reconnaissants à Dieu si vous pouviez entrer dans le Troisième Royaume parce que Dieu vous laissera régner éternellement en étant servi par des anges qu'il vous donnera en récompense éternelle.

De merveilleuses Maisons Individuelles à Plusieurs étages

Dans les maisons du Troisième Royaume qui sont décorées avec de belles fleurs et des arbres qui ont un merveilleux arôme, il y a des jardins et des lacs. Dans les lacs, il y a de nombreux poissons, et les gens peuvent avoir des conversations et partager l'amour avec eux. Les anges jouent aussi de la belle musique et les gens peuvent louer Dieu le Père ensemble avec eux.

Contrairement aux résidents du Second Royaume, qui ne peuvent posséder qu'un seul objet ou facilité préféré, les gens au Troisième Royaume peuvent posséder tout ce qu'ils veulent, comme un terrain de golf, une piscine, un lac, un chemin de promenade, une salle de bal, et ainsi de suite. C'est pourquoi, ils n'ont pas besoin d'aller dans la maison de leurs voisins pour jouir de quelque chose qu'ils ne possèdent pas, et ils peuvent en jouir à n'importe quel moment.

Les maisons dans le Troisième Royaume sont des buildings à plusieurs étages, et sont magnifiques, grandes et larges en taille. Elles sont aussi décorées magnifiquement, de sorte qu'aucun milliardaire sur cette terre ne peut les imiter.

Par ailleurs, aucune maison du Troisième Royaume n'a de plaque de porte. Les gens savent seulement à qui appartient la maison même sans plaque de porte, parce que l'odeur unique qui exprime le coeur beau et pur du maître émane de la maison.

Les maisons dans le Troisième Royaume ont différents arômes

et différents éclats de lumière. Plus le maître ressemble au cœur de Dieu, plus beaux et éclatants seront l'arôme et la lumière.

Dans le Troisième Royaume, des animaux de compagnie et des oiseaux seront aussi attribués et ils sont beaucoup plus beaux, brillants et adorables que ceux du Premier ou Second Royaume. De plus, les voitures nuages sont données, afin d'être utilisées publiquement, et les gens peuvent voyager partout dans le ciel infini autant qu'ils le veulent.

Comme c'est expliqué dans le Troisième Royaume, les gens peuvent avoir et faire tout ce qu'ils veulent. La vie dans le Troisième Royaume sera au-delà de toute imagination.

La Couronne de Vie

Dans Apocalypse 2:10, il y a une promesse de «couronne de vie» qui sera donnée à ceux qui auront été fidèles même jusqu'à la mort pour le royaume de Dieu.

«Ne crains pas ce que tu vas souffrir. Voici, le diable jettera quelques-uns de vous en prison, afin que vous soyez éprouvés, et vous aurez une tribulation de dix jours. Sois fidèle jusqu'à la mort, et je te donnerai la couronne de vie.»

la phrase «fidèle jusqu'à la mort», ne se réfère pas seulement ici à être fidèle avec la foi pour devenir un martyr, mais aussi à ne pas se compromettre avec le monde, et à devenir complètement saint en chassant tous les péchés jusqu'au point de verser le sang. Dieu récompense tous ceux qui entrent dans le Troisième Royaume avec la couronne de vie parce qu'ils ont été fidèles même jusqu'à la mort et qu'ils ont vaincu toutes espèces d'épreuves et de difficultés (Jacques 1:12).

Lorsque les gens au Troisième Royaume visitent la Nouvelle Jérusalem, ils mettent une marque ronde sur le côté droit de la couronne de vie. Lorsque les gens du Paradis, du Premier et du Second Royaume visitent la Nouvelle Jérusalem, ils mettent un signe sur le côté gauche de la poitrine. Vous pouvez ainsi voir que la gloire est différente pour les gens du Troisième Royaume.

Les gens de la Nouvelle Jérusalem sont cependant sous une attention spéciale de Dieu, et ils n'ont besoin d'aucun signe pour se distinguer. Ils sont traités d'une manière très exceptionnelle en tant que véritables enfants de Dieu.

Les Maisons dans la Nouvelle Jérusalem

Les maisons du Troisième Royaume sont assez différentes de celles de la Nouvelle Jérusalem, en taille, beauté et gloire.

Tout d'abord, si vous dites que la taille de la plus petite maison dans la Nouvelle Jérusalem est de 100, la maison dans le Troisième Royaume est de 60. Si par exemple, la taille de la plus petite maison dans la Nouvelle Jérusalem est de 100.000 pieds carrés, une maison dans le Troisième Royaume aura 60.000 pieds carrés.

La taille des maisons individuelles varie cependant, parce que cela dépend entièrement de la manière dont le maître a travaillé à sauver autant d'âmes qu'il le pouvait et à bâtir l'église de Dieu. Comme Jésus le dit dans Matthieu 5:5, *«Heureux les débonnaires, car ils hériteront la terre!»* en fonction du nombre d'âmes que le propriétaire conduit au ciel avec un cœur débonnaire, sera déterminée la taille de sa maison où il ou elle vivra.

Il y a donc beaucoup de maisons de plus de dizaines de milliers de pieds carrés dans le Troisième Royaume et dans la Nouvelle Jérusalem, mais même la plus grande maison dans le Troisième

Royaume est beaucoup plus petite que celles de la Nouvelle Jérusalem. En plus de la taille, la forme, la beauté et les joyaux utilisés pour la décoration sont également très différents.

Dans la Nouvelle Jérusalem, il n'y a pas seulement les douze joyaux utilisés pour la fondation, mais aussi de nombreux autres merveilleux joyaux. Il y a des joyaux incroyablement grands avec de belles couleurs. Il y a tellement de sortes de joyaux, que vous ne pouvez pas les nommer tous, et certains brillent de deux ou trois coloris superposés.

Il y a bien sûr, de nombreux joyaux dans le Troisième Royaume. En dépit de leur variété, les joyaux de Troisième Royaume ne peuvent pas être comparés à ceux de la Nouvelle Jérusalem. Il n'y a pas de joyaux qui brillent de deux ou trois couleurs superposées dans le Troisième Royaume. Les joyaux dans le Troisième Royaume ont beaucoup plus de merveilleuses couleurs que ceux dans les Premier et Second Royaumes, mais ce ne sont que des joyaux simples et de base, et même les mêmes joyaux sont moins éclatants que ceux de la Nouvelle Jérusalem.

C'est pourquoi, les gens du Troisième Royaume, qui demeurent à l'extérieur de la Nouvelle Jérusalem qui est remplie de la gloire de Dieu, la regardent et aspirent à y vivre éternellement.

« Si j'avais seulement travaillé un peu plus dur et été plus fidèle dans toute la maison de Dieu... »

« Uniquement si le Père appelle mon nom une seule fois... »

« Uniquement si je suis invité une fois de plus... »

Il y a une inimaginable quantité de bonheur et de beauté dans le Troisième Royaume, mais elle ne peut pas être comparée à celle de la Nouvelle Jérusalem.

Quel Type de Personnes
Va dans le Troisième Royaume?

Lorsque vous ouvrez votre cœur et que vous acceptez Jésus-Christ comme votre Sauveur personnel, le Saint-Esprit vient et vous enseigne au sujet du péché, de la justice et du jugement, et il vous fait réaliser la vérité. Lorsque vous obéissez à la Parole de Dieu, chassez toutes espèces de mal et que vous devenez sanctifiés, vous êtes dans l'état où votre âme prospère – au quatrième niveau de foi.

Ceux qui atteignent le quatrième niveau de foi, aiment Dieu tellement et sont aimés de Dieu, entrent dans le Troisième Royaume. Alors, quel type spécifique de personnes a la foi par laquelle il peut entrer dans le Troisième Royaume?

Etant Sanctifié en Chassant toute Espèce de Mal

Pendant les temps de l'Ancien Testament, les gens ne recevaient pas le Saint-Esprit. Ils ne pouvaient pas chasser les péchés profondément enracinés dans leurs cœurs avec leur propre force. C'est pourquoi, ils pratiquaient la circoncision physique, et tant que le péché n'apparaissait pas dans leurs actes, ils ne le considéraient pas comme un péché. Même si quelqu'un avait la pensée de tuer quelqu'un, ce n'était pas considéré comme un péché aussi longtemps que la pensée ne finissait pas en acte. Uniquement lorsque la pensée était accomplie, elle était considérée comme péché.

Pendant les temps du Nouveau Testament cependant, si vous acceptez le Seigneur Jésus-Christ, le Saint-Esprit vient dans votre cœur. A moins que votre cœur ne soit sanctifié, vous ne pouvez pas entrer dans le Troisième Royaume. C'est parce que vous pouvez circoncire votre cœur avec l'aide du Saint-Esprit.

C'est pourquoi vous ne pouvez entrer dans le Troisième Royaume que si vous chassez toutes espèces de mal telles que la haine, l'adultère, l'avidité et ainsi de suite et que vous deveniez sanctifiés. Quel type de personnes possède alors un cœur sanctifié? C'est celui qui possède le genre d'amour spirituel décrit dans 1 Corinthiens 13, les neuf fruits du Saint-Esprit dans Galates 5, et les Béatitudes dans Matthieu 5, et qui ressemble à la sainteté du Seigneur.

Bien sûr, cela ne veut pas dire qu'il est au même niveau que le Seigneur. Peu importe la mesure où un homme chasse ses péchés et devient sanctifié, son niveau est tellement différent de celui de Dieu, qui est l'origine de la lumière.

C'est pourquoi, de manière à sanctifier votre cœur, vous devez d'abord avoir un bon sol dans votre cœur. En d'autres termes, vous devez faire de votre cœur un bon sol en ne faisant pas ce que la Bible vous dit de ne pas faire et en chassant ce que la Bible vous dit de chasser. Alors seulement, vous serez capables de porter de bons fruits lorsque les semences sont semées. Tout comme le fermier sème la semence après avoir nettoyé la terre, les semences semées en vous germent, fleurissent et portent du fruit après avoir fait ce que Dieu vous dit de faire et gardé ce qu'Il vous a demandé de garder.

C'est pourquoi, la sanctification se réfère à un état où quelqu'un est lavé du péché originel et des péchés commis personnellement, par les œuvres du Saint-Esprit après qu'il soit né de nouveau d'eau et du Saint-Esprit en croyant à la puissance de rédemption de Jésus-Christ. Etre pardonné de vos péchés en croyant au sang de Jésus-Christ est différent de chasser la nature du péché en vous avec l'aide du Saint-Esprit en priant avec ferveur et en jeûnant alternativement.

Accepter Jésus-Christ et devenir enfant de Dieu ne signifie pas que tous les péchés sont complètement enlevés de votre cœur. Vous avez toujours du mal comme la haine, l'orgueil et ainsi de suite en vous, et c'est pourquoi, le processus de découvrir le mal en écoutant la Parole de Dieu et en le combattant au point de verser le sang est vital (Hébreux 12:4).

Ceci est la manière de chasser les œuvres de la nature pécheresse et de progresser vers la sanctification. L'état dans lequel vous avez chassé non seulement les œuvres de la nature pécheresse, mais aussi les désirs de la nature pécheresse de votre cœur est le quatrième niveau de foi, l'état de sanctification.

Sanctifié Uniquement après avoir Chassé les Péchés dans la Nature

Que sont alors les péchés dans la nature de quelqu'un? Ce sont tous les péchés qui ont été transmis au travers de la semence de vie par les parents depuis la désobéissance d'Adam. Par exemple, vous pouvez trouver qu'un bébé qui n'a même pas un an a une pensée mauvaise. Malgré que sa mère ne lui ait jamais dit quelque chose de mal comme la haine ou la jalousie, il devient méchant et fait des choses mauvaises si sa mère donne le sein au bébé d'un voisin. Et il peut essayer de repousser le bébé du voisin, et il peut commencer à crier avec colère si le bébé ne s'éloigne pas de sa mère.

De la même manière, la raison pour laquelle même un bébé peut montrer des actes mauvais, malgré qu'il n'en ait appris aucun auparavant, est parce qu'il y a du péché dans sa nature. Les péchés personnels sont les péchés révélés dans les œuvres physiques qui suivent les désirs de pécher dans le cœur.

Bien sûr, si vous êtes sanctifiés du péché originel, il est évident que vos péchés personnels seront également chassés parce que, la racine du péché a été enlevée. C'est pourquoi la nouvelle naissance spirituelle est le commencement de la sanctification et la sanctification est la perfection de la nouvelle naissance. C'est pourquoi, si vous êtes nés de nouveau, j'espère que vous mènerez une vie chrétienne de succès pour accomplir la sanctification.

Si vous voulez réellement être sanctifiés, et recouvrir l'image perdue de Dieu, et que vous faites de votre mieux, alors, vous serez capables de chasser les péchés dans votre nature par la grâce et la force de Dieu et avec l'aide du Saint-Esprit. J'espère que vous ressemblerez au cœur saint de Dieu tandis qu'il vous recommande *«Soyez saints, car Moi, Je suis saint»* (1 Pierre 1:16).

Sanctifiés, mais pas Totalement Fidèles dans Toute la Maison de Dieu

Dieu m'a permis d'avoir une communication spirituelle avec une personne qui était déjà morte, et qui est qualifiée pour entrer dans le Troisième Royaume. La porte de sa maison est décorée avec des perles arquées, et ceci est parce qu'elle a tant prié en pleurant avec ses larmes et avec persévérance pendant qu'elle était sur cette terre. Elle était une croyante tellement fidèle qui priait pour le royaume de Dieu et Sa justice et pour son église et ses serviteurs et ses membres avec persévérance et larmes.

Avant de rencontrer le Seigneur, elle était tellement pauvre et défavorisée qu'elle ne pouvait même pas posséder une pièce en or. Après avoir accepté le Seigneur, elle a pu courir vers la sanctification parce qu'elle a pu obéir à la vérité après l'avoir réalisée en écoutant la Parole de Dieu.

Elle a aussi bien su accomplir Sa tâche parce qu'elle avait reçu beaucoup d'enseignements d'un serviteur que Dieu aime beaucoup, et qu'elle l'a bien servi. Pour cela, elle a pu entrer dans un endroit plus vaste et plus glorieux, dans le Troisième Royaume.

De plus, un joyau très éclatant de la Nouvelle Jérusalem sera placé sur la porte de sa maison. Ceci est le joyau qui lui est donné par le serviteur qu'elle a servi aussi fidèlement sur cette terre. Il prendra un des joyaux de sa salle à manger et le placera sur sa porte lorsqu'il viendra la visiter. Ce joyau sera le signe qu'elle manquera au serviteur qu'elle a servi sur la terre, parce qu'elle n'a pas pu entrer dans la Nouvelle Jérusalem, malgré qu'elle lui ait été tellement utile sur cette terre. Beaucoup de gens dans le Troisième Royaume envieront ce bijou.

Elle regrette cependant de ne pas avoir pu entrer dans la Nouvelle Jérusalem. Si elle avait eu assez de foi pour entrer dans la Nouvelle Jérusalem, elle aurait été avec le Seigneur, le serviteur qu'elle avait servi sur la terre et d'autres membres bien-aimés de son église dans le futur. Si elle avait été un peu plus fidèle sur cette terre, elle aurait pu entrer dans la Nouvelle Jérusalem, mais à cause de la désobéissance, elle a raté l'opportunité lorsqu'elle lui a été donnée.

Elle est cependant tellement reconnaissante et profondément émue pour la gloire qui lui est donnée dans le Troisième Royaume, et elle confesse ce qui suit. Elle est uniquement reconnaissante parce qu'elle a reçu les précieuses choses et récompenses, dont elle n'aurait jamais pu en mériter une seule par ses propres mérites.

«Malgré que je ne peux pas aller à la Nouvelle Jérusalem, qui est remplie de la gloire du Père, parce que je n'étais pas parfaite en tout, j'ai ma maison dans ce merveilleux Troisième Royaume. Ma maison est tellement grande et belle. Malgré qu'elle ne soit pas vraiment grande comparée aux maisons dans la Nouvelle Jérusalem, j'ai reçu des choses tellement fantastiques et

170

merveilleuses que le monde ne peut même pas imaginer.

Je n'ai rien fait. Je n'ai rien donné. Je n'ai rien fait de réellement utile. Et je n'ai rien fait de joyeux pour le Seigneur. La gloire que j'ai ici est malgré cela tellement grande que je ne puis être que désolée et reconnaissante. Je rends grâce à Dieu pour me permettre de rester dans une place plus glorieuse dans le troisième Royaume. »

Les Gens avec une Foi de Martyre

Tout comme celui qui aime Dieu tellement et devient sanctifié dans son cœur et peut entrer dans le Troisième Royaume, vous pouvez du moins entrer dans le Troisième Royaume si vous avez la foi du martyre par laquelle vous pouvez tout sacrifier, même votre vie pour Dieu.

Les membres des premières églises chrétiennes qui avaient gardé leur foi jusqu'à être décapités, mangés par les lions dans le Colisée de Rome ou brûlés vont recevoir la récompense des martyrs au ciel. Ce n'est pas facile de devenir un martyr au milieu de telles persécutions et épreuves.

Autour de vous, il y a tant de personnes qui ne sanctifient pas le jour du Seigneur et qui négligent la tâche que Dieu leur a donnée à cause de leur désir pour l'argent. Ce genre de personnes qui ne peuvent pas obéir à une telle petite chose, ne peut jamais conserver sa foi dans une situation de menace pour la vie, et encore moins devenir un martyr.

Quel genre de personne a la foi d'un martyr? Ce sont ceux qui ont un cœur droit et inchangé comme Daniel dans l'Ancien Testament. Ceux qui ont une double pensée et cherchent leur propre bien, en se compromettant avec le monde ont cependant peu de chance de devenir un martyr.

Ceux qui peuvent véritablement devenir des martyrs, doivent

avoir des cœurs qui ne changent pas comme Daniel. Il a maintenu la justice de la foi en sachant bien qu'il irait dans la fosse aux lions. Il conserva sa foi jusqu'au dernier moment lorsqu'il fut jeté dans la fosse aux lions à cause du complot de gens méchants. Daniel ne s'est jamais éloigné de la vérité, parce que son cœur était pur et transparent.

C'est pareil pour Etienne dans le Nouveau Testament. Il a été lapidé à mort pendant qu'il prêchait l'évangile du Seigneur. Etienne était aussi un homme sanctifié qui pouvait même prier pour ceux qui le lapidaient malgré son innocence. ô combien le Seigneur doit l'aimer? Il marchera avec le Seigneur à jamais dans le ciel, et sa beauté et sa gloire seront merveilleuses. Pour cela, vous devez réaliser que la chose la plus importante est d'accomplir la justice et la sanctification dans votre cœur.

Il y en a très peu qui ont la foi véritable aujourd'hui. Même Jésus a posé la question *«Mais, quand le Fils de l'homme viendra, trouvera-t-il la foi sur la terre?»* (Luc 18:8). Combien précieux serez-vous aux yeux de Dieu si vous devenez un enfant sanctifié en gardant la foi et en chassant toute espèce de mal même dans ce monde qui est rempli de péchés?

Pour cela, je prie au nom du Seigneur que vous prierez avec ferveur et que vous sanctifierez promptement votre cœur.

Chapitre 10

La Nouvelle Jérusalem

*Et je vis descendre du ciel, d'auprès de Dieu
La ville sainte, la Nouvelle Jérusalem,
Préparée comme une épouse
Qui s'est parée pour son époux.*

- Apocalypse 21:2

Dans le Nouvelle Jérusalem, qui est l'endroit le plus beau du ciel, rempli de la gloire de Dieu, il y a le Trône de Dieu, le château du Seigneur et le Saint-Esprit, et les maisons des gens qui plaisent à Dieu tellement, avec le niveau de foi le plus élevé.

Les maisons dans la Nouvelle Jérusalem sont préparées de manière merveilleuse de la manière dont les futurs propriétaires les souhaiteraient. Pour entrer dans la Nouvelle Jérusalem, claire et belle comme le cristal, et partager le véritable amour avec Dieu éternellement, vous ne devez pas uniquement ressembler au cœur saint de Dieu, mais aussi accomplir entièrement votre tâche comme le Seigneur Jésus l'a fait.

Maintenant, quel genre d'endroit est la Nouvelle Jérusalem, et quel type de gens ira là-bas?

Les Gens dans la Nouvelle Jérusalem Voient Dieu Face à Face

La Nouvelle Jérusalem, aussi appelée Cité Sainte céleste, est aussi belle qu'une épouse qui s'est préparée pour son mari. Les gens là bas ont le privilège de rencontrer Dieu face à face parce que Son Trône s'y trouve.

Elle est aussi appelée « la cité de la gloire » parce que vous allez recevoir la gloire de Dieu éternellement lorsque vous entrerez dans la Nouvelle Jérusalem. Les murs sont faits de jaspe, et la ville d'or pur, aussi pure que du verre. Elle a trois portes sur chacune de ses quatre faces – nord, sud, est et ouest – et il y a un ange qui garde chaque porte. Les douze fondations de la ville sont faites de douze espèces différentes de joyaux.

Les Douze Portes de Perle de la Nouvelle Jérusalem

Alors, pourquoi les douze portes de la Nouvelle Jérusalem sont-elles faites de perles? Une huître souffre pendant longtemps et met tout son jus à fabriquer une perle. De la même manière, vous devez chasser les péchés, en les combattant jusqu'au point de verser le sang et rester fidèles jusqu'à mourir devant Dieu dans la persévérance et la maîtrise de soi. Dieu a fait les portes de perles parce que vous devez vaincre vos circonstances avec joie pour accomplir les tâches qui vous sont données par Dieu, même si vous empruntez la voie étroite.

Quand donc une personne qui entre dans la Nouvelle Jérusalem passe la porte de perle, elle verse des larmes de joie et d'excitation. Elle donne une reconnaissance inexprimable et la gloire à Dieu qui l'a conduite vers la Nouvelle Jérusalem.

Quelle est aussi la raison pour laquelle Dieu a fait les douze fondations de douze différents joyaux ? C'est parce que la combinaison de la signification des douze joyaux est le cœur du Seigneur et du Père.

C'est pourquoi, vous devez réaliser la signification spirituelle de chaque joyau et en accomplir la signification spirituelle dans votre cœur pour entrer dans la Nouvelle Jérusalem. J'expliquerai en détails ces significations dans *Le Ciel II: Remplie de la Gloire de Dieu.*

Les Maisons dans la Nouvelle Jérusalem en Parfaite Unité et Variété

Les maisons dans la Nouvelle Jérusalem sont comme des châteaux en taille et en magnificence. Chacune est unique selon les préférences du propriétaire et elle est dans une parfaite harmonie et variété. Les différentes couleurs et lumières qui émanent des joyaux vous font ressentir la beauté et la gloire au-delà de toute expression.

Les gens peuvent reconnaître à qui appartient chaque maison rien qu'en la regardant. Ils peuvent comprendre combien cette personne a plu à Dieu quand il ou elle était sur la terre en regardant la lumière glorieuse et les joyaux qui décorent la maison.

Par exemple, la maison d'une personne qui est devenue martyr sur cette terre aura des décorations et des souvenirs du cœur du propriétaire et de ses accomplissements jusqu'à son martyre. Le résumé est gravé sur une plaque d'or et brille de manière éclatante. Elle peut dire «Le propriétaire de cette maison est devenu un martyr et a accompli la volonté du Père le _ (jour) du _ mois de l'année ____.»

Même depuis la porte, les gens peuvent voir la lumière

éclatante qui provient de la plaque d'or où les accomplissements du propriétaire sont inscrits, et tous ceux qui la verront fléchiront. Le martyre est une si grande gloire et récompense, et c'est la fierté et la joie de Dieu.

Étant donné qu'il n'y a pas de mal au ciel, les gens baissent automatiquement leur tête selon le rang et la profondeur dans laquelle il est aimé de Dieu. Donc, tout comme les gens présentent des plaques de commémoration en remerciement pour des services méritants pour célébrer de grands accomplissements, Dieu donne aussi une plaque à chacun pour célébrer le fait qu'il Lui a donné gloire. Vous pouvez voir que les lumières et les arômes diffèrent selon le genre de plaque.

De plus, Dieu pourvoit dans les maisons des gens quelque chose avec laquelle ils peuvent se souvenir de leur vie sur cette terre. Bien sûr même au ciel, on peut regarder des événements du passé sur cette terre sur quelque chose comme une télévision.

La Couronne d'Or ou de Justice

Si vous entrez dans la Nouvelle Jérusalem, vous recevrez en principe votre propre maison et la couronne d'or, et la couronne de la justice vous sera donnée en récompense selon vos œuvres. Ceci est la plus prestigieuse et belle couronne au ciel.

Dieu Lui-même remet les couronnes d'or à ceux qui entrent dans la Nouvelle Jérusalem, et autour du Trône de Dieu, il y a vingt quatre vieillards avec des couronnes d'or.

«Autour du trône se trouvaient vingt-quatre trônes, et sur ces trônes vingt-quatre anciens étaient assis. Ils étaient habillés de vêtements blancs et portaient des couronnes d'or sur la tête.» (Apocalypse 4:4, Version

Segond 21)

«Anciens» ne se réfère pas ici au titre donné dans les églises terrestres, mais ceux qui sont justes aux yeux de Dieu et reconnus par Dieu. Ils sont sanctifiés et ont accompli le sanctuaire dans leurs cœurs autant que le sanctuaire visible.

«Accomplir le sanctuaire dans son cœur» se réfère à devenir une personne spirituelle en chassant toute espèce de mal. Accomplir le sanctuaire visible signifie accomplir entièrement les tâches données sur cette terre.

Le chiffre «vingt quatre» représente tous les gens qui sont entrés dans les portes du salut par la foi comme les douze tribus d'Israël et qui sont devenus sanctifiés comme les douze disciples du Seigneur Jésus. C'est pourquoi, «vingt quatre anciens» se réfère aux enfants de Dieu qui sont reconnus par Dieu et sont fidèles dans toute la maison de Dieu.

Pour cela, ceux qui ont une foi d'or qui ne change pas recevront les couronnes d'or et ceux qui aspirent à l'apparition du Seigneur, comme l'apôtre Paul recevront la couronne de justice.

«Désormais la couronne de justice m'est réservée; le Seigneur, le juste juge, me le donnera dans ce jour-là, et non seulement à moi, mais encore à tous ceux qui auront aimé son avènement.» (2 Timothée 4:8).

Tous ceux qui aspirent à l'avènement du Seigneur vivront certainement dans la vérité et la lumière et deviendront des vases préparés et les épouses du Seigneur. C'est pourquoi ils recevront la couronne en fonction de cela.

L'apôtre Paul n'était dépassé par aucune tribulation ou difficulté, mais a uniquement essayé d'étendre le royaume de Dieu et d'accomplir Sa justice dans tout ce qu'il a fait. Il a grandement révélé la gloire de Dieu partout où il est allé au travers de son travail et de sa persévérance. C'est pourquoi Dieu a préparé la couronne de la justice pour l'apôtre Paul. Et il la donnera à tous ceux qui aspirent comme lui à l'avènement du Seigneur.

Chaque Désir de leur Cœur sera Accompli

Ce à quoi vous pensiez sur la terre, ce que vous auriez aimé faire, mais que vous avez abandonné pour le Seigneur – Dieu vous rendra toutes ces choses en tant que merveilleuses récompenses dans la Nouvelle Jérusalem.

C'est pourquoi, les maisons dans la nouvelle Jérusalem possèdent tout ce que vous aimiez avoir, afin que vous puissiez faire tout ce que vous vouliez faire. Certaines maisons ont des lacs, afin que le propriétaire puisse y faire du bateau et certaines ont une forêt dans laquelle ils peuvent se promener. Les gens peuvent aussi converser avec leurs bien-aimés à une table de thé placée au coin d'un merveilleux jardin. Il y a des maisons avec des prairies couvertes de gazon et de fleurs, afin que les gens puissent se promener et chanter des louanges avec divers oiseaux et de beaux animaux.

De cette manière, Dieu a fait dans le ciel tout ce que vous avez voulu avoir sur cette terre, sans manquer un seul objet. Combien allez-vous être comblés en voyant toutes ces choses que Dieu a pourvues pour vous avec un grand soin?

En fait, le fait même d'entrer dans la Nouvelle Jérusalem est une source de bonheur. Vous vivrez dans un bonheur, une gloire et une beauté qui ne changent pas, éternellement. Vous serez remplis de joie et d'excitation lorsque vous regarderez le sol, le ciel ou toute autre chose.

Les gens se sentent en paix, confortables et à l'abri, rien qu'en demeurant dans la Nouvelle Jérusalem, parce que Dieu l'a créée pour Ses enfants qu'Il aime véritablement, et chaque recoin est rempli de Son amour.

Donc, dans tout ce que vous faites –que vous vous promeniez, reposiez, jouiez, mangiez ou parliez avec les autres – vous serez remplis de bonheur et de joie. Les arbres, les fleurs, l'herbe et même les animaux sont tous gentils et vous ressentirez avec magnificence la gloire qui émane des murs des châteaux, des décorations et des facilités de la maison.

Dans le Nouvelle Jérusalem, l'amour pour Dieu le Père est comme une fontaine, et vous serez rempli d'un bonheur, d'une joie et d'une reconnaissance éternels.

Voir Dieu Face à Face

Dans la Nouvelle Jérusalem, où il y a le plus haut niveau de gloire,de beauté et de bonheur, vous pouvez rencontrer Dieu face à face, et marcher avec le Seigneur, et vous pouvez vivre avec vos bien-aimés à jamais.

Vous serez aussi admirés, non seulement par les anges et les armées célestes, mais aussi par tous les gens au ciel. De plus, vos anges personnels vous serviront comme s'ils servaient un roi, rencontrant parfaitement tous vos désirs et besoins. Si vous désirez voler dans le ciel, votre voiture nuage personnelle viendra et s'arrêtera à vos pieds. Dès que vous montez dans la voiture nuage, vous pouvez voler dans le ciel autant que vous le voulez, ou vous pouvez la conduire sur le sol.

Donc, si vous entrez dans la Nouvelle Jérusalem, vous pouvez voir Dieu face à face, vivre avec vos bien-aimés pour l'éternité, et tous vos désirs seront satisfaits instantanément. Vous pouvez avoir tout ce que vous voulez, et aussi être traité comme un prince ou une princesse dans un conte de fée.

Participant aux Banquets de la Nouvelle Jérusalem

Dans la Nouvelle Jérusalem, il y a toujours des banquets. Parfois c'est le Père qui reçoit à ces banquets ou parfois c'est le Seigneur ou le Saint-Esprit. Vous pouvez ressentir la joie de la vie céleste au travers de ces banquets. Vous pouvez immédiatement ressentir l'abondance, la liberté, la beauté et la joie dans ces banquets.

Lorsque vous participez à ces banquets tenus par le Père, vous revêtirez vos plus beaux vêtements et vos décorations, mangerez et boirez les meilleurs aliments et boissons. Vous allez également vous réjouir d'une merveilleuse musique, de louanges et de danses. Vous pourrez voir les anges danser et parfois vous pourrez danser vous-mêmes pour plaire à Dieu.

Les anges sont plus beaux et parfaits dans leur technique, mais Dieu est plus réjoui par l'arôme de Ses enfants qui connaissent Son cœur et l'aiment de tous leurs cœurs.

Ceux qui servaient dans le culte de louange offert à Dieu sur cette terre, serviront aussi à ces banquets afin de leur donner plus de félicité et ceux qui ont loué Dieu par des chants, des danses et des instruments feront la même chose dans les banquets célestes.

Vous revêtirez une douce robe duveteuse avec beaucoup de garnitures, une merveilleuse couronne et des décorations de joyaux avec des lumières éclatantes. Vous conduirez aussi une voiture nuage, ou un wagon en or, escorté par des anges pour assister aux banquets. Votre cœur ne bondit-il pas de joie et d'attente, uniquement en imaginant tout cela?

Festival Croisière sur la Mer de Verre

Dans la belle mer du ciel coule une masse d'eau claire et propre comme du cristal, sans aucune ride ni tache. L'eau de la mer bleue a de douces vagues sous le vent et elle brille de manière éclatante. De nombreuses espèces de poissons nagent dans l'eau qui est tellement transparente, et lorsque les gens les approchent, ils les accueillent en bougeant leurs nageoires et en confessant leur amour.

Des coraux de toutes les couleurs forment des groupes et se balancent. Chaque fois qu'ils bougent, ils dégagent la lumière de leurs merveilleuses couleurs. Combien magnifique est la scène!Il y a beaucoup de petites îles dans la mer et elles semblent merveilleuses. De plus, des bateaux de croisière comme le «Titanic» y naviguent et il y a des banquets sur les bateaux aussi.

Ces bateaux sont équipés de toutes sortes de facilités, comprenant un logement très confortable, des terrains de bowling, des piscines et des salles de bal afin que les gens puissent jouir de tout ce qu'ils veulent.

Afin de seulement imaginer les festivals sur ces bateaux qui sont plus grands et merveilleusement décorés que n'importe quel luxueux navire de croisière sur cette terre, avec le Seigneur et les bien-aimés et ce sera une telle grande joie.

Quel Type de Personnes Ira dans la Nouvelle Jérusalem?

Ceux qui ont une foi comme l'or, qui aspirent à l'avènement du Seigneur, et qui se préparent comme des épouses du Seigneur, entreront dans la Nouvelle Jérusalem. Alors, quel genre de personnes devez-vous être de manière à pouvoir entrer dans la Nouvelle Jérusalem qui est claire et belle comme le cristal et remplie de la grâce de Dieu?

Des Gens avec une Foi qui Plaît à Dieu

La Nouvelle Jérusalem est l'endroit pour ceux qui sont au cinquième niveau de foi – ceux qui ne se sont pas uniquement complètement sanctifiés, mais qui ont aussi été fidèles dans toute la maison de Dieu.

La foi qui plaît à Dieu est le type de foi dans laquelle Dieu est totalement satisfait de manière à ce qu'Il veuille accomplir les demandes et les désirs de Ses enfants avant qu'ils ne le demandent.

Comment donc, pouvez-vous plaire à Dieu? Je vais vous donner un exemple. Imaginez un père qui rentre de son travail à la maison, et qu'il dise à ses deux enfants qu'il a soif. Le premier fils qui sait que son père aime le soda, apporte un verre de Coca-Cola ou de Sprite à son père. Ce fils donne aussi à son père un massage pour le confort de son père, malgré que son père ne le lui ait pas demandé.

D'autre part, le second fils apporte seulement un verre d'eau à son père et retourne dans sa chambre. Maintenant, lequel de ces fils peut plaire le plus au père, comprenant le cœur de son père?

Au lieu du fils qui n'a apporté qu'un verre d'eau, simplement pour obéir à la parole de son père, le père doit être plus satisfait du fils qui lui a apporté un verre de Coca-Cola qu'il aime et qui lui a donné un massage qu'il n'a pas demandé.

De la même manière, la différence entre ceux qui entrent dans le Troisième Royaume et la Nouvelle Jérusalem réside dans la mesure où les gens ont plu au cœur de Dieu le Père et ont été fidèles à la volonté du Père.

Des Gens de Parfaite Sanctification avec le Cœur du Seigneur

Ceux qui ont une foi qui plaît à Dieu remplissent leur cœur uniquement de vérité et sont fidèles dans toute la maison de Dieu. Etre fidèle dans toute la maison de Dieu signifie accomplir les tâches au-delà de ce qui est demandé, avec la foi de Jésus-Christ Lui-même, qui a obéi à la volonté de Dieu au point de mourir, ne se souciant pas de sa propre vie.

C'est pourquoi, ceux qui sont fidèles dans toute la maison de Dieu ne font pas les œuvres de leur propre pensée ou intelligence, mais uniquement avec le cœur du Seigneur, le cœur spirituel. Paul écrit dans Philippiens 2:6-7, que Jésus, *«existant en forme de Dieu, n'a point regardé comme une proie à arracher d'être égal avec Dieu, mais s'est dépouillé lui-même, en prenant une forme de serviteur, en devenant semblable aux hommes; et ayant paru comme un simple homme»*, et il a obéi jusqu'à la mort pour accomplir la volonté de Dieu. En retour, Dieu l'a élevé et Lui a donné un nom qui est au-dessus de tout autre nom, l'a fait asseoir à la droite du Trône de Dieu avec gloire, et Lui a donné l'autorité en qualité de «Roi des rois» et «Seigneur des seigneurs».

Donc, tout comme Jésus l'a fait, vous devez être capables d'obéir inconditionnellement à la volonté de Dieu pour avoir la foi pour entrer dans la Nouvelle Jérusalem. Donc, ceux qui peuvent entrer dans la Nouvelle Jérusalem doivent être capables de comprendre même la profondeur du cœur de Dieu. Ce type de personnes plaît à Dieu parce qu'il est fidèle au point de mourir pour suivre la volonté de Dieu.

Dieu raffine Ses enfants pour les conduire à avoir une foi d'or afin qu'ils soient capables d'entrer dans la Nouvelle Jérusalem. Tout comme un mineur lave et filtre pendant longtemps dans sa recherche d'or, Dieu garde les yeux sur Ses enfants tandis qu'ils se transforment en de merveilleuses âmes et lavent leurs péchés par Sa Parole. Chaque fois qu'Il trouve des enfants qui ont une foi d'or, il Se réjouit de Ses peines, agonie, et regrets qu'Il a endurés pour accomplir son but de la culture humaine.

Ceux qui entrent dans la Nouvelle Jérusalem sont les véritables enfants que Dieu a gagnés en attendant pendant un temps long jusqu'à ce qu'ils changent leurs cœurs pour le cœur du Seigneur et accomplissent la Parfaite Sanctification. Ils sont tellement précieux pour Dieu et Il les aimera tellement. C'est pourquoi Dieu recommande que, *«tout votre être, l'esprit, l'âme et le corps, soit conservé irréprochable, lors de l'avènement de notre Seigneur Jésus-Christ.»* (1 Thessaloniciens 5:23).

Des Gens accomplissant la Tâche du Martyre avec Joie

Le martyre est d'abandonner sa propre vie. Il réclame une grande détermination et une grande dévotion. La gloire et le confort que quelqu'un reçoit après avoir donné sa vie pour accomplir la volonté de Dieu, de la manière où Jésus l'a fait, sont au-delà de toute imagination.

Bien sûr, toute personne qui entre dans le Troisième Royaume ou la Nouvelle Jérusalem a la foi pour devenir un martyr, mais celui qui devient réellement un martyr reçoit une beaucoup plus grande gloire. Si vous n'êtes pas dans la situation de devenir un martyr, vous devez avoir le cœur d'un martyr, accomplir la sanctification, et accomplir vos tâches complètement, pour recevoir la récompense d'un martyr.

Dieu m'a un jour, révélé la gloire d'un serviteur de mon église qu'il recevra dans la Nouvelle Jérusalem dès qu'il aura accompli sa tâche de martyr.

Lorsqu'il ira au ciel après avoir accompli sa mission, il versera sans fin, des larmes de reconnaissance pour l'amour de Dieu en regardant sa maison. A la porte de sa maison, il y a un jardin tellement grand avec tant d'espèces de fleurs, d'arbres et d'autres décorations. Du jardin à la maison, il y a une allée d'or et des fleurs louent les accomplissements de son propriétaire et le réconfortent avec de merveilleux arômes.

De plus, des oiseaux avec des plumes d'or brillantes comme des lumières et de merveilleux arbres décorent le jardin. De nombreux anges, tous les animaux, et même les oiseaux louent les accomplissements du martyre et lui souhaitent la bienvenue, et lorsqu'il se promène sur le chemin de fleurs, son amour pour le Seigneur devient un bel arôme. Il confessera continuellement sa reconnaissance de tout son cœur.

«Le Seigneur m'a vraiment aimé tellement et m'a confié une précieuse mission! C'est pourquoi je puis me tenir dans l'amour du Père.»

Dans la maison, de nombreux et précieux joyaux décorent les murs, et la lumière de carmin, aussi rouge que le sang et la lumière de saphir sont extraordinaires. Le carmin montre qu'il a accompli l'enthousiasme de donner sa vie et l'amour passionné, de la manière dont l'apôtre Paul l'a fait. Le saphir représente son cœur droit qui ne change pas et l'intégrité pour garder la vérité jusqu'à la mort. C'est pour le souvenir du martyre.

Sur les murs extérieurs, il y a une inscription écrite par Dieu Lui-même. Elle rappelle le temps des épreuves du propriétaire, quand et comment il est devenu un martyr, et dans quelles circonstances il a accompli la volonté de Dieu. Lorsque des gens de foi deviennent des martyrs, ils louent Dieu ou prononcent parfois des paroles pour le glorifier. De telles remarques sont inscrites sur ce mur. L'inscription brille de manière aussi éclatante que vous êtes complètement impressionnés et remplis de joie en la lisant et en regardant les lumières qu'elle dégage. Combien doit-elle être impressionnante, sachant que c'est Dieu, la lumière même qui l'a écrite!Chacun donc, qui visite sa maison baissera le front devant ces inscriptions écrites par Dieu Lui-même.

Sur les murs intérieurs du salon il y a de nombreux grands écrans avec beaucoup d'espèces de peintures. Les dessins expliquent comment il a agi depuis qu'il a rencontré le Seigneur – combien il a aimé le Seigneur, et les sortes d'œuvres qu'il a accomplies avec quel cœur à un moment donné.

Dans un coin du jardin, il y a aussi beaucoup de sortes d'équipements sportifs qui sont faits de merveilleux matériaux et qui ont des décorations inimaginables sur cette terre. Dieu les a crées pour le réconforter parce qu'il aimait beaucoup le sport, mais l'a abandonné pour le ministère. Les sonnettes ne sont pas faites de métal ou d'acier comme sur cette terre, mais sont faites par Dieu avec des décorations particulières. S'il aime des pierres précieuses qui brillent magnifiquement. Curieusement, leur poids est différent selon la personne qui les manipule. Ces équipements ne sont pas utilisés pour garder la forme, mais conservés comme des souvenirs et une source de réconfort.

Comment doit-il se sentir en regardant toutes ces choses que Dieu a préparées pour lui? Il a dû abandonner ses désirs pour le Seigneur, mais maintenant, son cœur est réconforté et il est tellement reconnaissant pour l'amour de Dieu le Père.

Il ne peut pas s'arrêter de louer et de rendre grâce à Dieu avec des larmes, parce que le cœur délicat et compatissant de Dieu a préparé tout ce qu'il a voulu dans sa vie, n'oubliant aucun désir de son cœur.

Des Gens Complètement Unis avec le Seigneur et avec Dieu

Dans la Nouvelle Jérusalem, Dieu m'a montré qu'il y a une maison qui est aussi grande qu'une grande ville. C'était tellement étonnant que je n'ai pas pu m'empêcher d'être surpris par sa taille, sa beauté et sa splendeur.

La maison qui a une si grande taille possède douze portes – trois portes au nord, sud, est et ouest. Au centre, il y a un château de trois étages, décoré d'or pur et toutes sortes de pierres précieuses.

Au premier étage, il y a un hall tellement grand dans lequel on ne peut pas voir l'autre bout, et il y a plusieurs salles de séjour. Elles sont utilisées pour des banquets ou comme salles de réunion. Au second étage, il y a des pièces pour conserver et exposer les couronnes, les vêtements et les souvenirs, et il y aussi des endroits pour recevoir des prophètes. Le troisième étage est utilisé exclusivement pour rencontrer le Seigneur et partager l'amour avec Lui.

Autour du château il y a des murs qui sont couverts de fleurs aux magnifiques arômes. Le Fleuve d'Eau de la Vie coule pacifiquement autour du château, et au-dessus du fleuve, il y a des ponts faits de nuages en forme d'arche avec des couleurs de l'arc-en-ciel.

Dans le jardin, il y a différentes espèces de fleurs, d'arbres et d'herbes qui forment la perfection et la beauté. De l'autre côté de la rivière il y a une grande forêt au-delà de l'imagination.

Il y a aussi un parc récréatif avec de nombreux carrousels tels qu'un train de cristal, le carrousel Viking fait d'or, et d'autres facilités décorées de joyaux. Ils brillent de réjouissantes lumières lorsqu'ils fonctionnent. En plus du parc récréatif, il y a une large route fleurie, et au-delà de la route il y a une plaine dans laquelle les animaux jouent et se reposent pacifiquement, comme dans les plaines tropicales de cette terre.

En plus de celle-ci, il y a de nombreuses maisons et bâtiments qui sont décorés avec de nombreuses sortes de joyaux afin de briller merveilleusement, et des lumières mystérieuses se trouvent partout dans cet endroit. A côté du jardin, il y a aussi une chute d'eau, et au-delà de la colline, il y a une mer sur laquelle de grands bateaux de croisière comme le «Titanic» naviguent. Tout cela est la partie d'une maison personnelle, et vous pouvez dès lors imaginer un peu combien grande et vaste cette maison peut être.

Cette maison qui est comme une grande ville, est un endroit touristique dans le ciel, et il attire beaucoup de gens non seulement de la Nouvelle Jérusalem, mais de toutes les parties du ciel. Les gens se réjouissent et partagent l'amour de Dieu. Il y a également de nombreux anges qui servent le propriétaire, prennent soin des bâtiments et des facilités, escortent la voiture nuage, et louent Dieu en dansant et en jouant des instruments de musique. Tout est préparé pour le plus grand bonheur et confort.

Dieu a préparé cette maison parce que le propriétaire a vaincu toutes sortes d'épreuves et de difficultés avec foi, espérance et amour, et a conduit tant de gens sur le chemin du salut avec la parole de vie et la puissance de Dieu, aimant Dieu en premier et plus que toute autre chose.

Le Dieu d'amour se souvint de tous vos efforts et larmes et vous paie en retour selon ce que vous avez fait. Et Il veut que tous soient unis avec Lui et le Seigneur d'un amour qui donne sa vie, et qu'ils deviennent des ouvriers spirituels pour conduire des multitudes sur le chemin du salut.

Ceux qui ont une foi qui peut plaire à Dieu peuvent être unis avec Lui et le Seigneur au travers de leur amour qui donne sa vie non seulement parce qu'ils ressemblent au cœur du Seigneur et accomplissent la Parfaite Sanctification, mais aussi parce qu'ils donnent leur vie pour devenir des martyrs. Ces gens aiment vraiment Dieu et le Seigneur. Même s'il n'y avait pas de ciel, ils ne regrettent pas et ne considèrent pas comme une perte ce qu'ils auraient pu faire sur cette terre. Ils se sentent tellement heureux et joyeux dans leurs cœurs d'agir selon la Parole de Dieu et de travailler pour le Seigneur.

Bien sûr, les gens qui ont une foi véritable vivent avec une espérance de récompenses que le Seigneur leur donnera dans le ciel, tout comme cela est écrit dans Hébreux 11:6 *« Or sans la foi, il est impossible de Lui être agréable, car il faut que celui qui s'approche de Dieu croie que Dieu existe, et qu'il est le rémunérateur de ceux qui le cherchent. »*

Cependant qu'il y ait ou non un ciel ou qu'il y ait ou non des récompenses, ne leur importe pas parce qu'il y a quelque chose de plus précieux. Ils considèrent comme plus heureux que tout de rencontrer Dieu le Père et le Seigneur, qu'ils aiment réellement. C'est pourquoi, pour eux, ne pas rencontrer Dieu le Père et le Seigneur serait plus catastrophique que de ne pas recevoir de récompenses ou de ne pas vivre au ciel.

Ceux qui montrent leur amour sans faille pour Dieu et le Seigneur en donnant leur vie même s'il n'y avait pas de vie céleste heureuse sont unis avec le Père et le Seigneur leur époux au travers de cet amour qui donne sa vie. Combien grandes seront la gloire et les récompenses que Dieu a préparées pour eux!

L'apôtre Paul, qui aspirait à l'avènement du Seigneur et s'est consacré aux œuvres du Seigneur et a conduit tant de gens sur le chemin du salut, a confessé ce qui suit:

«Car j'ai l'assurance que ni la mort ni la vie, ni les anges ni les dominations, ni les choses présentes ni les choses à venir, ni les puissances, ni la hauteur, ni la profondeur, ni aucune autre créature ne pourra nous séparer de l'amour de Dieu manifesté en Jésus-Christ notre Seigneur» (Romains 8:38-39).

La Nouvelle Jérusalem est l'endroit pour les enfants de Dieu qui sont unis avec Dieu le Père au travers de ce type d'amour. La Nouvelle Jérusalem qui est claire et belle comme le cristal, où il y aura un bonheur et une joie indescriptibles et débordants a été préparée de cette manière.

Dieu le Père, le Dieu d'amour ne veut pas uniquement que tous soient sauvés, mais aussi qu'ils Lui ressemblent en sainteté et perfection afin qu'ils puissent entrer dans la Nouvelle Jérusalem.

Pour cela, je prie au nom du Seigneur que vous réaliserez que le Seigneur qui est monté au ciel pour préparer des demeures pour vous, reviendra bientôt, que vous accomplirez la Parfaite Sanctification et que vous vous conserverez sans tache afin que vous puissiez devenir une belle épouse qui est capable de confesser, «Reviens bientôt, Seigneur Jésus.»

L'auteur:
Dr. Jaerock Lee

Le Dr. Jaerock Lee est né à Muan, dans la Province de Jeonam, en République de Corée en 1943. Dans sa vingtaine, le Dr. Lee a souffert d'une variété de maladies incurables pendant sept ans et il a attendu la mort avec aucun espoir de récupérer. Un jour du printemps 1974 il a été conduit dans une église par sa soeur et lorsqu'il s'est agenouillé pour prier, le Dieu vivant l'a immédiatement guéri de toutes ses maladies.

Dès que le Dr. Lee a rencontré le Dieu vivant au travers de cette merveilleuse expérience, il a aimé Dieu de tout son cœur et sincérité, et en 1978, il a été appelé à devenir un serviteur de Dieu. Il a prié avec ferveur de manière à clairement connaître la volonté de Dieu, l'a complètement accomplie et a obéi à toute la parole de Dieu. En 1982, il a fondé l'Eglise Centrale Manmin à Séoul en Corée et d'innombrables œuvres de Dieu, incluant des guérisons miraculeuses et des prodiges ont eu lieu dans son église.

En 1986, le Dr. Lee a été ordonné en tant que pasteur lors de l'Assemblée annuelle de l'Eglise Sungkyul Jésus de Corée, et quatre ans plus tard, en 1990, ses sermons ont commencé à être retransmis en Australie, en Russie, aux Philippines et dans beaucoup d'autres nations au travers de la Société de Retransmission d'Asie, la Station asiatique de retransmission et le Système Chrétien Radio de Washington.

Trois ans plus tard, en 1993, l'Eglise Centrale Manmin a été sélectionnée comme l'une des «50 Plus grandes églises du monde» par le magazine 'Monde Chrétien' (Etats-Unis) et il a reçu un doctorat honoraire en Divinité du Collège Chrétien de la Foi, en Floride, aux Etats-Unis. Et en 1996, un Ph.D. du ministère du Séminaire Théologique Kingsway, à Iowa, aux Etats-Unis.

Depuis 1993, le Dr Lee a pris la direction de la mission mondiale au travers de nombreuses croisades outremer, aux États-Unis, en Tanzanie, en Argentine, en Ouganda, au Japon, au Pakistan, aux Philippines, au Honduras, au Kenya, en Inde, en Russie, en Allemagne, au Pérou, en République Démocratique du Congo, en Israël et en Estonie.

En 2002, il a été nommé «pasteur de réveil du monde entier» par de grands journaux chrétiens de Corée pour son travail puissant dans diverses croisades d'outre-mer. En particulier, sa croisade à New York de 2006 qui s'est tenue à Madison Square Garden, la plus célèbre des arènes, a été diffusée dans 220 pays, et sa croisade Unifée d'Israël de 2009 qui s'est tenue au Centre de Convention International de Jérusalem durant lesquelles il a vigoureusement proclamé Jésus-Christ comme Messie et Sauveur. Son sermon a été diffusé vers 176 nations via satellites y compris GCN TV et il a été répertorié comme l'un des 10 dirigeants chrétiens les plus influents de 2009 et 2010 par le magazine populaire chrétien russe *In Victory* et par la nouvelle agence *Christian Telegraph* pour son puissant ministère d'émissions télévisées et de travail pastoral auprès d'églises d'outre-mer.

Depuis Mars 2013, l'Eglise Centrale Manmin possède une congrégation de plus de 120.000 membres. Il y a 10.000 églises branches en Corée et dans le monde, et à ce jour, plus de 129 missionnaires ont été commissionnés vers 23 pays, y compris les États-Unis, la Russie, l'Allemagne, le Canada, le Japon, la Chine, la France, l'Inde et de nombreux autres.

Jusqu'au jour de cette publication, le Dr Lee a écrit 84 livres y compris les bestsellers, *Goûter à la Vie Eternelle avant la Mort*, *Ma Vie Ma Foi I et II*, *Le Message de la Croix*, *La Mesure de Foi*, *Le Ciel I et II*, *L'Enfer* et *La Puissance de Dieu*. Ses œuvres ont été traduites dans plus de 75 langues.

Ses chroniques chrétiennes paraissent dans *Le Hankook Ilbo*, *Le JoongAng Daily*, *Le Dong-A Ilbo*, *Le Munhwa Ilbo*, *Le Seoul Shinmun*, *Le Kyunghyang Shinmun*, *Le Korea Economic Daily*, *Le Korea Herald*, *Le Shisa News* et *Le Chistian Press*.

Le Dr. Lee est présentement dirigeant de nombreuses organisations missionnaires et associations, y compris Président de l'Eglise Unifiée de Sanctification de Jésus-Christ; Président, Mission Mondiale Manmin; Fondateur et Président du Conseil du Réseau Mondial Chrétien (GCN); fondateur et président du conseil du Réseau Mondial de Médecins Chrétiens (WCDN) et fondateur et président du conseil du Séminaire International Manmin (MIS).

Le Ciel II: Rempli de la Gloire de Dieu

Ce livre vous invite dans la cité sainte de la Nouvelle Jérusalem dont les douze portes sont faites de perles étincelantes, au milieu d'un vaste ciel qui resplendit comme des joyaux très précieux

Le Message de la Croix

Un puissant message de réveil pour tous les peuples qui sont spirituellement endormis. Dans ce livre, vous trouverez le véritable amour de Dieu et pourquoi Jésus est notre seul Sauveur

Enfer

Un message sérieux de Dieu à toute l'humanité, qui souhaite que même pas une seule âme ne tombe dans les profondeurs de l'enfer! Vous découvrirez le compte rendu jamais révélé auparavant de la cruelle réalité de l'Hadès et de l'Enfer.

Ma Vie, Ma Foi I et II

L'autobiographie du Dr. Jaerock Lee produit le plus odorant arôme spirituel pour les lecteurs, au travers de sa vie extraite de l'amour de Dieu qui a fleuri au milieu de vagues ténébreuses, d'un joug glacial et d'un profond désespoir

La Mesure de Foi

Quel type de lieu de séjour céleste et quelles espèces de couronnes sont préparés dans le ciel? Ce livre donne sagesse et direction pour mesurer votre foi et cultiver la foi la plus parfaite et mature.

www.ingramcontent.com/pod-product-compliance
Lightning Source LLC
Chambersburg PA
CBHW020111310726
48970CB00002B/586